/中国年度最佳散文诗选/

/龚学敏 周庆荣 主编/

成都时代出版社

[redacted]/在大地上行走的人，皆安居于瓷中，她们供奉神灵，敲响晨钟，采摘、耕种、涵养精神，造化万物，从无极中生出太极/独异的眼神，容不下绵羊在春天里咩咩的表情/抬头仰望，飞鸟游戏云中/嬉戏的声音醉了峡谷，甜了耳腔。闭目聆听峡里峡外花开的声音，一场盛大舞会已波澜壮阔/一万匹马的浪潮，将科尔沁草原黄昏的宁谧，踏碎，淹没/酒液流淌。我背过身，[redacted]/在分水岭，能与一株棉花结为好姐妹，日子就会多些明媚与阳光，生活就会少些冷漠与寒凉/奇怪的是，为什么小学生都得到了满分，而有一半的大人，却不及格/它一定知道：[redacted]就跨不进那扇命定的门/是和大丛大丛的野菊花一起安身立命，还是在阳光灿烂的良辰，或新月当空的夜晚，在林中、水边、旷野里彼此调笑，舞蹈，拍手作歌/从前是一场雨，从前是一把花伞/你看我，在俯下身去之前，我曾昂首走过如许流年/无限的可能。[redacted]，明与暗，轮番较量/但我一直固执地相信，还有一种真火存在着，它在虚幻中真实地存在着/战争的炮火山摇地动，俨然要摧毁我神经的罗网，我只是嚼得快些，连同弹片和硝烟一起细嚼慢咽/[redacted]/桥是浒澥桥、元宝桥。祖母和她父亲的船停在榆树下/夜晚，星星刚刚转过身，寺

院的钟声传来，像一个理由在原野四散开来 / 楼塌，屋毁。当最后一片瓦当訇然倒地，就埋葬了一个朝代的背影 / 一夜间潮涨潮落的桃花，就像那年渐行渐远的背影，带给我，一列火车驶过春天的信息 / 列车穿过秦岭山脉长长的隧道，甩掉黑夜，前面是巴山蜀水 / 我的心，因此安静，也因此悲伤 / 一道绝无仅有的风景，鞭辟的神话，更具有真实度，更加可信 / 在她明亮的怀抱，静静地安居一隅，享用这世界永不磨灭的芳华 / 被遗忘，被忽视，在一个破旧的茅屋里与这将近的夜色做挣扎，继而被夜色带入沉默 / 条条雨线丈量着山村与城市的距离，那是你长长的命运线 / 河水如同两袖清风，握在剑的手中。剑是河水的英雄，惺惺相惜。河水是剑的延伸，指向大海，指向蛟 / 它们就是我儿时的伙伴、小时候的挚友，在这万丈红尘中，茫茫人海里，给我几缕温暖、几丝慰藉，几吨看不见、摸不着的乡愁 / 如果想理解得更加深刻，请带着字典走入羊群，听一听羊的发音 / 从鼓楼上空缓缓地飞过的鸽群，最后变成了风筝，这一夜春色围城，陌上碧树，以帝王的姿态俯瞰长安古道、酒旗高台和锦殿罗帷 / 想听真话还是假话？什么叫真话：一说出口雪山就融化 / 把爱过的人，一遍又一遍写地进个人的诗歌成长史 / 一些灯盏在很早就被点亮了，尽管还有许多隐没在各自的梦乡，我们都在一个平行空间里，我们在近处，它们在远方。伊人的远方有比

/ 2018 /

/中国年度最佳散文诗选 /

/龚学敏 周庆荣 主编 /

成都时代出版社

图书在版编目（CIP）数据

2018中国年度最佳散文诗选 / 龚学敏，周庆荣主编．
-- 成都：成都时代出版社，2019．4
ISBN 978-7-5464-2341-8
Ⅰ．① 2… Ⅱ．①龚… ②周… Ⅲ．①散文诗—诗集—中国—当代 Ⅳ．① I227
中国版本图书馆 CIP 数据核字（2019）第 037371 号

2018中国年度最佳散文诗选

2018ZHONGGUO NIANDU ZUIJIA SANWENSHI XUAN

龚学敏　周庆荣　主编

出 品 人　李文凯
责任编辑　龚爱萍
责任校对　李卫平
装帧设计　上易堂
封面设计　许天琪
责任印制　李吉蕾

出版发行　成都时代出版社
电　　话　（028）86742352（编辑部）
　　　　　（028）86615250（发行部）
网　　址　www.chengdusd.com
印　　刷　成都市金雅迪彩色印刷有限公司
规　　格　145mm × 210mm
印　　张　7.25
字　　数　140 千
版　　次　2019 年 4 月第 1 版
印　　次　2019 年 4 月第 1 次印刷
书　　号　ISBN 978-7-5464-2341-8
定　　价　58.00 元

目录 contents

◇阿　垄

雪　霁（外一章）

看到以往丢失的脚印，终于认出了我，正从雪地上清晰地走过来……

不是说那两只互为镜子，给早晨梳妆的乌鸦。

不是说描画在白纸上，不分你我，一双一眨不眨的眼睛。

我对着茫茫空寂大喊了几声。

在回头的那一刻，看到以往丢失的脚印，终于认出了我，正从雪地上清晰地走过来……

新　婚

多少次，都记不住它们低矮、瘦小的名字：

黄须菜，又叫黄茎菜或翅碱蓬。

毫不起眼的，将又苦又涩的日子，过得有滋有味。

每当从青转绿，从绿变紫，
再到透红，如滚烫的火烧云，又像一路铺开通向天边的地毯。
牵手走在上面，我们始终有相见恨晚的感觉。

原载《伊犁晚报》2018年2月26日

◇ 爱斐儿

青花瓷（节选）

I

我已听到了你的声音。

是一朵青花在轻叩陶土。

是一支笔划过天青色，墨痕留在素绢上。

是一双素手轻抚慢弦，飘然驶来的一曲动听的音乐。

是一片经年的好山好水，在釉下铺开杂花烟树。

是一叶扁舟引来了小桥、流水、人家，也引来一两只鸟雀飞来落在一棵老树的枝上。

旧时光绵延至此，我不得不停于你的蓬檐旧瓦之下，也停于你清波荡漾之处，就如一捧陶土从一场酣梦中醒来，突然面对你微蓝的气息，不由脱口而出：哦，青花。

2

于是，河流慢下来。

如诗词里描述的那样，白陶承于天光，青花沉于釉中，她们从火中涅槃而生。

在大地上行走的人，皆安居于瓷中，她们供奉神灵，敲响晨钟，采摘、耕种、涵养精神，造化万物，从无极中生出太极。

如果你从很远的地方赶来，用很轻的声音唤她，她会忍不住打开自己的呼吸。

你看，陶瓷里有片天地，那里天空蔚蓝，浮云漫天，水草紧拥河水，所有的花朵都跃跃欲飞。

5

若用青花瓷杯盛酒，

一滴即是满月。

两滴你会醉得比月色还深。

这意蕴最是令人心神安娴，斟满了，就是云水与诗歌，就是忧伤和幸福同时相逢了知己。

在青花瓷里，所谓的辽阔就是这个样子吧：

心中装着白云，而月光是蓝色的，酒香是蓝色的，河流是蓝色的，炊烟是蓝色的，飞舞的蝴蝶是蓝色的，而手捧青花醉于窗下的人，对醉人的酒说：“把我也染蓝吧。”

10

你的宁静如此美。

再往前就是钟磬和梵音。

如果茉莉或普洱携来馨香和红晕，如果她们和一杯绿茶低眉于观音，代替诗句挡住了所有的市井之声，再狂的风，也无法吹到她们。

此时，谁若举杯，谁就拥有了丝绸、墨痕、远山、云影，谁就能从一场雨中走出来，回到芬芳的往昔。

青花如此蓝，就像一种爱比湖水深了一千层，却与隔山隔水的陶瓷倾心于更深沉的相遇。

他们是清风岸边凝固的波澜，会对静卧水底的人儿说：

且一饮而尽吧，这一杯是东逝之水，另一杯是浮云苍狗。

原载《华人百花·澳门月刊》2017 年第 2 期

◇ 白炳安

雪　豹

人性里的一只雪豹，幼小的时候被笼子禁锢，不得不蛰伏，曾经拥有过的雷鸣一样的吼声，随一片树叶凋谢。

但一颗不羁的心养育的雪豹，长大后，从我的思想里跑出，就不再视笼子为家，只崇尚自然。

从此，天马行空，扑腾着蘸着雪光的蹄爪。每一次奔跑，都是一回辽阔的闪电划过，让整个高原黯然失色。

每一次，都想跑远一点。

远一点，离开草地猎杀的尸臭，离开风雨制造的是是非非。

远一点，在黄昏的河流边喝一口水，惊动潜伏在浊水里开始的溃烂。

一串连续的响动，也惊动了远方沉浸在欢乐中的神经。

跑远一点，却与向往的雪山靠近了一点，最终会化为一片雪。

雪豹，不随水而走，只服从于自己的行为。

在光天化日下，扛阳光于头顶，不会对阻碍前进的动物熟视无睹。

独异的眼神，容不下绵羊在春天里咩咩的表情。

在高原，雪豹感受到冰雪的苍凉，长啸一轮冷月，用拥抱自然的热情，收获一个寂寞堆成的食物，播下一粒远离喧嚣的孤独。

多么威风的雪豹呀！

在高原上的一声吼，就有一股千古浩气，沉积着我一生的爱恨在梦中一瞬就霹雳出来。

雪豹与雪山融为一体，也与我的思想融在了一起：

雪白得更灿烂！

总有一天，度过这无常的浮生，雪豹会跑回我的体内，伏着，随着我的消失而消失。

原载《上海诗人》2018年第1期

◇ 白发科

明月峡（外一章）

“哟呵，哟呵”，千年古栈呼着号子，像头发花白的老者，讲述往事辛酸。

肩挑背磨的历史，栖于峡边凝望，滔滔嘉陵江宛若巨龙昂首，吐尽满腹惆怅，携着蜀人的梦想展翅飞翔。

火车的吼叫，汽车的躁动，游船的汽笛，一场灵魂的穿越剧热闹上演。

抬头仰望，飞鸟游戏云中，嬉戏的声音醉了峡谷，甜了耳腔。

闭目聆听峡里峡外花开的声音，一场盛大舞会已波澜壮阔。

河堤柳

草长莺飞又一季。

季节捧出掌心温暖，抚摸每寸肌肤。大地遍布瑶池，任春膨胀、生根、发芽。

河堤柳，长长的披肩，掀开世俗的眼。由细芽青涩到长发飘飘，静悄悄，默默自心底发力。不鸣则已，一鸣惊人。活脱脱的美少女悄无声息来到面前。

最喜雨天，清露滴滴敲着石板的岁月，晶莹的花盛开季节的多情。宛如少女出浴，楚楚动人。若干条柳，一群婉约的姑娘。

风起了，精灵舞动。闭目聆听，春的序曲缓缓奏响，千万个佳丽舞姿翩翩。

柳呀，你给了我无穷瑰丽遐想。像生活，总给我绵绵不尽的惊喜！

原载《星星·散文诗》2018 年第 12 期

◇ 包玉平

马头琴（外一章）

牧归。缰绳，拖住落日苍茫。

乳香，将草原黄昏熏香。

银碗里，酒香弥漫在轻颤的马头琴弦上。

如果，将毡房的窄门洞开，哪一匹马抢先奋蹄奔出？

一万匹马的浪潮，将科尔沁草原黄昏的宁谧，踏碎，淹没。

而那些马匹，踏过孤独、悲凉、寒冷的草原，踏过祖先的额尔古纳河、大兴安岭山脉，汹涌，奔腾在老阿爸沧桑的指尖上。

蒙古马

草原上的马嘶，撕破了帝国疆域百年沉寂。

飞鸟难于逾越的雪山，被不安的马蹄，踏平。

欲望的箭矢，在弯腰的间隙，射中了欧亚版图的靶心。

如今，草原上，西拉木伦河，依然，悠悠流淌着一个英雄民族的豪气，与梦想。

草原人，从昔日的马背上，翻身下马：

让一匹马，顺着两根多梦的琴弦，奔驰——带着篝火上的火苗，走出它亘古的梦境。

而让另一匹马，

回到孝庄园的马厩里，回到富饶、安逸的天堂草原——科尔沁。

不要惊扰那马鞍上绽放的萨日朗，不要触碰花儿的梦！

更不要惊动马镫上寂静的斑驳，要不——让所有的寂静，回到铁锈里：绊住不安的马蹄，让它静静地，静静地在西拉木伦河畔，弹奏一只草原鹰盘旋高空已久的梦——

让草原的寂静，锁住弓箭，长矛，贪欲，杀戮！

原载《星星·散文诗》2018年第12期

◇ 卜寸丹

我们将美酒埋在后山的橘园（外一章）

端阳回老家，父亲与弟弟在后山挖出埋藏的美酒
父亲与我们把盏，谈论桑麻、农事，变幻不定的气候
就是不说十数年里独自一人生活的孤凉
“这酒真好，有十五六年了吧？”
“可能还不止！把酒埋起来的时候，你娘还在哩。”
此时，娘就睡在离家不远的墓园
被薄薄的黄土遮盖，被薄薄的雨水浇灌，被薄薄的星光照耀

酒液流淌。我背过身
不让眼泪从血红的脉管里漫溢出来

幻想之物

幻想之物：诡异的星象、果实、鸟群、虚无之词
春风骀荡，一无所有的孩子在大地上奔跑
给他们冠冕，生出翅膀的战马
给他们酒器，用稻穗、星辰为他们指路
而那些诗之密语
必是虚构的花蕾、磨损的时光、熄灭的灯烛
如夜行人，踏着朝露返回

原载《诗刊》2018年第8期

◇ 蔡兴乐

做一株棉花（外一章）

一株棉花的一生是善良的，一株棉花的美丽是慈祥的。在分水岭，只有棉花是娘一生中最喜爱种植的作物。

岭坡下，每一片如此安静而茂盛的棉花地深处，都会不离不弃地卧着一个鸡鸣狗吠的村庄。这其中就有个叫南份蔡的，是我小得不能再小的家园。

在分水岭，能与一株棉花结为好姐妹，日子就会多些明媚与阳光，生活就会少些冷漠与寒凉。

如果还有下辈子，如果下辈子能够选择投胎，成为分水岭上的一株庄稼，我会毫不犹豫做一株棉花，开粉红的朵，结青青的果……

青草先于我抵达爹娘坟前

一株青草，总是能先于我抵达爹娘的坟前。它们都是些极普通的野草，比如狗尾巴草、猪笼草、车前草，以及牛鞭草什么的。甚至连名字也与我的乳名一样，是如此的土。仿佛它们这一辈子，只配在民间和乡下过日子。可它们从不去羡慕外面的灯红酒绿和热闹，毕生只会与逝去的亲人们相依相伴，演绎着什么叫作不离不弃。

偶尔，也还会有一棵两棵落了单的庄稼。比如像小麦、玉米、棉花，这些个娘她老人家在世时最爱侍弄的庄稼，在爹娘渐渐矮下去的坟头，悄悄地扎下自己的根，它们贴心贴肺地开着小花。它们诚惶诚恐地结着果实，生怕稍有不慎，就会招致别人的流言蜚语。可在我眼里，它们倒更像爹娘最孝顺的好儿女，令常在异乡的我羞愧难当。

原载《散文诗》2018年第1期

◇蔡　旭

马路上的考试

一群小学生站在斑马线后面，无形中，同一些大人一起，参加了一次“路考”。

考生们一字排开。同一张试卷，不分男女老少，不分性别与年龄。开卷考试，不用笔，不开口，也用不着温习功课。

一盏红灯亮出了试题，等待他们的回答。此时，阳光凶猛，加大了答题的难度。

没有树荫，没有凉风，阳光把他们的身影摆在地上，很黑。他们只需用脚答题。两个选择：过、不过。

马路是空的，没有车流，也没有人监考，交警不在，连红袖章也不见。

一半的大人，毫不迟疑地大步流星般走过，而这群小学生伫立不动，不见动摇。

一位年轻的妈妈刚迈一步，就被她的孩子拉住了。

考试的成绩无须查阅，每个人都给自己亮了分。

奇怪的是，为什么小学生都得到了满分，而有一半的大人，却不及格？

原载《北海日报》2018 年 5 月 31 日

◇曹　雷

背影：一柄钥匙的失踪

那把锁，以生锈的语言，讲述一柄钥匙的隐逸。

以一成不变的挂姿，成为难以释怀的悬念。吐露的每一句言辞，跌入深情里的空寂。

什么时候，那些唇齿吻合的欢愉，那些凸凹相扣的默契，重又联袂，锁住太阳的温馨握痕，打开星光和河流相映生辉的心境？

门环等不来回答，残留的指纹日渐冰冷。

万丈红尘里，定格着往事在拐角处的收尾，以及蒙蔽渐深的遥遥归期。

一柄钥匙，就像一根光亮的骨头。没有了它的照耀和支撑，什么样的锁，也只是一坨废铁的肉体。

世事守口如瓶，一刻都停不下冬去春来的交替轮回……

屋檐下，衔泥筑巢的归燕，依旧执拗地辨识着哪里是熟悉，哪里已变为陌生？

熙熙攘攘的人流中，哪一个才是该回头的背影？

它一定知道：找不回失踪的钥匙，就跨不进那扇命定的门。

原载《星星·散文诗》2018年第7期

◇ 曹立光

老　子（节选）

4

目送孔丘背影消失在村口，你扶住门框的手，突然感觉出这个黄昏有了质感，软润里有艾蒿的青涩。

你意识到：有风，天就会辽阔；有水，人就会活泛！

生活大抵是这样的：

打着哈欠的耕牛走在回家的路上，扎头巾的笑声，会肆无忌惮地把生活摊得又圆又香。

咬口煎饼，你看见阳光从厅堂里跑出来，一个裤子松松垮垮的孩子正撵着一只头顶王冠的公鸡。

得意忘形的童年，得意忘形的瞬间快乐！

5

是和大丛大丛的野菊花一起安身立命，还是在阳光灿烂的良辰，或新月当空的夜晚，在林中、水边、旷野里彼此调笑，舞蹈，拍手作歌。

我在百年的枯叶上看到了思想在心跳。

自隐无名就在眼前。老聃先生最后一次把故地的美好咬碎吞入腹中，头也不回地进入“道”。现世的喧嚣也随之沉静下来，只有青牛不紧不慢地留下几团热乎乎的牛粪。

原载《星星·散文诗》2018年第4期

◇ 草馨儿

雪落枝头的声音（外二章）

雪落枝头的声音，是风的声音，是爱的声音。

虽然洗尽了花的影子，再过几天，它们会在另一些枝头复活。

桃、李，或者杏儿。

梅花开了

它只是静静地开在那儿。

开在一个被人遗忘的角落，一抹浅黄，一缕微笑。

也许有人会像我一样，循着馨香找到它，也许没有。

尽管这不是最冷的时刻，雪也没有落下，我们却共同兑现了一个季节的承诺。

在走墨的枝丫，互相替换身体里的火。一同灿烂，一同忧伤。

冰湖里的花伞

是谁不小心丢了花伞，让它如此伤心。
是谁不愿意打捞花伞，让她如此绝望。
爱走了，情断了，心也碎了。
它，还在等啊等。一如从前。
从前是一场雨，从前是一把花伞。

原载《大沽河》2018 年第 3 期

◇ 陈波来

拒绝融化的冰

拒绝。拒绝是一种姿态，很多时候甚至是一种表达于空气中的嗤嗤作响的手势。无力啊，很多时候并非出于无理或无礼。我无法在草丛中认同所有的草籽，我无法是你们举身颓败的兄弟。

融化。融化是顺从，或者身不由己。可以立身的却虚委一地。内部的消解，轻易地历经一些不堪叨念的黑暗时辰，化为无边际的蔓延。融化是最不见骨头的交易，我要的，只是融化之前的冰。

冰。冰保持着水里的锋刃。冰一度是……锋刃在缓慢失去，投向它的全部目光，在春天战栗而迷乱。春天啊，美好得可以藏起所有的锋利。我圆润、敦厚，上缴了所有兵器，我做你的春天。

拒绝融化的冰，还得融化。那不是溃散的水，是冰借了一些流畅的水意，怀抱玉碎之美，在消失，也在呈现。一点点，还在艰难地保持着对水的拒绝。你看我，在俯下身去之前，我曾昂首走过如许流年。

原载《散文诗》2018 年第 6 期

◇ 陈茂慧

冬日未尽（外一章）

落叶未尽。

别枝惊鹊，往来环复。一树苍凉，一地乱影。

寒风是说来就来的，门窗是随开随闭的。

匆匆人事，匆匆逝去的光阴。

余晖未尽。

远山苍茫，济水寂寥。冰封的尘世，冰封的梦幻。

化不开的恩怨，消不去的愁悒。

翻动的书页，说轶事，说传奇，说燕雀之目光短浅，也说鸿鹄之大志。

霞光潋滟，满城繁华。

冬日未尽。雪亦未尽。

或星星点点，或挨挨挤挤、密密匝匝。

——填满缝隙和漏洞。平衡起伏与弯曲。覆盖住疮痍和伤痕。在泉城，一城山色半城湖。城北见黄河的黄，城南见更南的山。生命开在季节深处。生命在冬日未尽处悄悄绽放。

心曲未尽。

所有的山水皆为背景，所有的路网皆布满陷阱。

哪一种选择都会草木皆兵。任何一种笑谈都付诸流水。

转山转佛塔。转身就是撤退。转动半生浮云，碧天蓝海均可被一眼望穿。

车马远行。谁的江山隐隐。

曲未尽。人不散。

冬天的可能之一种

银杏叶飘落。

一地金黄。一层金黄。一次扫除。

叶不断落，不断被扫走。露出土地原有的颜色：干、涩、焦黄。

一个梦被另一个梦压着。

一个梦被另一个梦抬着。

一个梦进入另一个梦。梦与梦纠缠。梦与梦互不相干。

梦醒，时令到了冬天。叶终于落尽。

树枝萧瑟，一把斧子在仰望。

几天过去，树枝间多了一个鸟巢。孤独的家园，荒凉的世界，有没有一把弹弓在瞄准？

斧子现身，弹弓藏身。

无限的可能。危险与安全，真诚与虚饰，明与暗，轮番较量。

冬天空旷。去掉金黄，冬天留白。

原载《青岛文学》2018年第5期

◇ 陈于晓

火，或者虚幻

那些由光与焰组成的，滚烫的，会灼伤身子的，会烧毁物体的，叫假火。

是的，叫假火。这假火，多年来一直让我纳闷，我既不知道它是怎么来的，也不知道在它所触及的物体都化为灰烬之后，它又去了哪儿？这世间，还可以再次找到它的踪迹吗？

或者火，就是一种虚幻。

但我一直固执地相信，还有一种真火存在着，它在虚幻中真实地存在着。

这种真火，你可以触摸，它似乎没有温度，又有温度，它冰得像雪，暖得像阳光。它是水所浇不灭的，它可以在水中盛开，但它又不会让水化作蒸汽。

这么说吧，这种真火，就像天空中的霞，很艳，很美，艳得像虚幻，美得像梦境。虚无缥缈，却又真真切切。直到在某个时刻，它化为一羽羽火鸟，被无边的夜色掩去。

这种真火，一定去了某个神秘的所在。而天空之所以叫天空，因为它总是会把一切都清空。

原载《散文诗世界》2018年第1期

◇ 陈志泽

嚼

牙齿在嚼，嚼。

那一队士兵以一阵阵密集的子弹消灭入侵的美丽。

那一排峭壁，触碰着坚硬的风，粗硬的沙粒，酸甜苦辣的风风雨雨。

农家的石磨，一圈一圈地磨，竞渡的龙舟锐利的桨劈斩着突起的江浪……

家常便饭抑或美味佳肴，都以一种平常的姿态，嚼。

嚼，才有我的生存。

面对与我的生命攸关的战争，我喜欢嚼口香糖面对。

口香糖是狮子耍弄的小球，掌心里把玩的珍珠，是稳定航船的压舱石，是牵系着风浪的锚……

嚼，嚼，嚼着观看炎凉世相。

战争的炮火山摇地动，俨然要摧毁我神经的罗网，我只是嚼得快些，连同弹片和硝烟一起细嚼慢咽。

你方唱罢我登场，我的队伍显然在走向胜利，在龙腾虎跃，在饮敌之血，在啃敌之肉。我毫无表情，只是嚼得慢了，我不能流露半点喜形于色，让人笑话我的浅薄。

嚼，才有我的生存。

原载《散文诗世界》2018年第7期

◇ 崔国发

废　园（外一章）

十面埋伏。

杂乱无章的草芥，于它的隐匿性上匍匐：蚱蜢、蛇蟒、蜥蜴与蟾蜍。

已经好多年了。

蜘蛛在空中，一丝不苟地网结着它们幽暗的一幕。

暮色、古寺，以及一些被白蚁蛀空的枯树，或戛然横空，或行将倒伏。

天堂空空，红尘落地。

循着梵音就能找到最原始的偈语，或者更深地陷入鸟的孤独。

美人与江山，都会在秋光中夭折。

时光飘忽，带走了它的虚空、神秘飞行的蝙蝠和内心那一处粗粝的荒芜。

此刻，我只想从乱石的坚硬中，取出马的颅骨。

有，或者无，都不重要了。

唯草木的灵魂之香，不可辜负。

铁

它的心肠越来越硬。

铮铮的骨骼，从来就不软。正直的脊梁，被起落的铁锤严刑拷打出生命的铿锵。也许从一开始，它就投身于炽热的炉膛——

生而为铁，任凭你反复地锤炼与淬火、切割与冷却。何止是疼痛，即使被折磨得遍体鳞伤，意志也始终坚贞不屈，宁折不弯。

一种金属的血统：灵魂一旦选择了铁的信仰，便成就了大义凛然。

血气方刚，凛凛风生的坚铁，凝聚血和精神，在慷慨的悲歌中，铸就了英雄刚强的品质。兴许它有一种柔韧的力量。掷地而作金声，它善于硬碰硬。

于感人的温度中切磋或琢磨，铁在烧，滤去杂质之后，它越来越纯粹。一颗历经沧桑的心，似乎冷冰冰，却在冲动的沉默中，不会轻易地锈蚀。

需要一块怎样的铁，才能承受重锤出击的重量？

做一个有骨头的汉子——

忍辱负重的硬汉，它的不躲不藏，是否就意味着拥有铁一般的担当？

原载《伊犁晚报》2018年6月27日

◇呆　呆

原　上

——致 Y

村是万安庄，渡是桃花渡。到了天字圩
雪下得更细更密，灰天黑水白路。孤舟上站一个撒网人

在瑶台
天街小雨，几点烛火
豆腐铺里有四姨，早起磨豆，穿碎花春衫。表弟姓沈，读史。木窗外是圣贤

荷叶
和蛙鸣
桥是浒澌桥、元宝桥。祖母和她父亲的船停在榆树下
桑青季可以看见；落霜季，也可以看见

钱山漾里飘满野菱；丁家庄真的只住了一户人家

杨家庙不是庙，也不是家祠；墙是矮墙，院子更小。非常美丽的婴儿

在蔷薇花下面吮脚趾头

溪是六条溪。柳树是水柳。鱼潭是一只只海碗，走在碗边。跌下去的是夕照

爬上来的是弯月

稻花确是紫色。但它们不叫“荻”

盛夏黄昏。黑皮肤男孩，牵了牛慢慢行过木莲湾

原载《星星·散文诗》2018年第8期

◇杜　娟

阿万仓湿地

我注定要经历那么多草、浓雾和睡眠中的鱼。一些潜伏的阴郁在天空匍匐，它们迎风，曾经漫过前方的山。

玛曲习惯了阿万仓早起的鸟鸣，包括大量的乌云和宁静，鸟在高处飞，解不得野花的万种风情。

一块草地占据了来来去去的溪水，大量的草无所事事，牛羊不惊不宠等待草叶上的语言，天空中一些变调的声音柔软而迟缓。

草原轻易超越了我，超越了时间，在夏天的情绪里接近蓝天。

大风反复被小溪搬动，这是我喜欢看到的结局。云朵走不出自己的历史，记忆中与鹰进过食，与花朵共枕眠。

前方的雪山习惯了这块土地，它挽留岁月，岁月不可复制，雪山保持不骄不躁，与头顶飞翔的鹰一同经历苦难，一同看生动的事物。

夜晚，星星刚刚转过身，寺院的钟声传来，像一个理由在原野四散开来。

原载《中国自然资源报》2018 年 6 月 30 日

◇风 荷

瓦 当（外一章）

在泥土中煅烧。

汗水滴落下来的时候，清风正吹拂着屋檐最前端的瓦当。

圆形，或半圆形，如时光之鳞。带着显露无遗的鼎盛，又有着几分纯朴和恬淡。翘檐的造型，独具匠心。岁月的光芒，不可复制。

或许，想过打坐。

像一尊佛——

从未央宫走来，高于季节。

一道风景，在历史的铜镜里。

瓦当用低垂的姿态，记宫观、殿阙、陵厩、关仓之名。

或着吉语，多作篆书，随势诎曲，字形古异。

或图写物象，多为朱雀、玄武、青龙、白虎四神。

从浑厚的意境里读取瓦当。朴拙而又精致的手势，具备担当，料定能应付檐上的风雪寒霜。亦如一面旌旗，擎着不变的誓言。

美就在这里。

楼塌，屋毁。当最后一片瓦当訇然倒地，就埋葬了一个朝代的背影。

但很快会有另一块民间的泥土，揭竿而起，击节而歌。

把自己扶到高处，接受神的旨意。

影　壁

从喧闹中退出。

拥抱安静，一场柔滑，一场波澜不惊。

微雨，淡阳。风吹来古老的秩序。

迤逦而来的影壁。

在镜头里，你很想探究古人的心理。何以用一道影壁来隔开时空。来慰藉一颗静默的心。

挡孤魂野鬼，抵外来野风。

挡外人的视线。

让陌生之物在影壁之前停留。仿佛一个谜语，被蒙上了一层神秘的外衣。

要慢慢地剥出其谜底。

也有烘托气氛，增加住宅气势。使宅门显得更加深邃、开阔、富丽。

影壁的下部常设须弥座，顶部是屋顶，墙体的中部叫作影壁心。

花纹图案常为花卉、松鹤等吉祥之物。当影壁爬满绿色的植物，寂谧中透着繁茂，那才更好看，也描绘着心情和憧憬。

翻阅一座座雕刻精美的影壁，如同打开折合的诗句。

融建筑学、人文学于一体，特别是中国三大彩色琉璃九龙壁，足见皇家建筑的神思妙想，让人流连忘返。

原载《星星·散文诗》2018年第8期

◇ 符纯荣

春天的回声（二章）

桃花落地

昨夜，一瓣桃花与众多青春的姐妹一起，被风摇落一地初恋的颜色。

寂然的私语，羞涩的窃笑。隐现于迷离的春色，哪怕她再次压低声音，依然被我清晰地听见。

春天踩着桃花娇弱的心跳悄悄到来。当我在夜里骤然惊醒，沿着一瓣桃花明亮的指引，我又找回缺失经年的倾听。

一夜间潮涨潮落的桃花，就像那年渐行渐远的背影，带给我一列火车驶过春天的信息。

一年一年春风绿了，一年一年桃花又红。

昨夜，桃花纷纷落地，谁看见春天褪色的门栏，被我的梦呓又一次打开？

那年的树叶

当他在下午起立，那枚树叶还悬在心头，被风敲打出沙哑的响声。

这么多年过去，它依然找不到让自己消失的办法。

如果还是那个春天，娘仍在埋头整理倒伏的麦苗；如果一转眼间，那堵土墙房又现出身影；如果一支童谣并未走失，草丛里的蟋蟀还保留兴奋地叫嚷；如果娘不在劳累的夕阳中骤然倒下……

那么，在这个下午，一枚树叶会不会在风中飘来荡去，延展悬而未决的忧伤？

原载《川东文学》2018年春季号

◇ 耿林莽

旅　程

——与嘉川同行

Ⅰ

街的拐角处，旧楼。
你提着一只缺耳的陶罐，去倾倒肮脏的水，很臭。
每日每日，总也倒不完。

妈妈给你一角灶头的残饼，喂不饱你。
心灵空虚，精神饥饿。
于是，你到书店去，看——
书架上空空如也，唯一的陈列品，清一色的《南方来信》。
“要吗？”我问。
目光恍惚的男孩，摇摇头。
你渴。

我给了你一只解渴的杯。

2

列车旅程，从一个站台，到一个
站台，一个窗口，到一个窗口。
灯火燃亮，又熄灭。这时候，已然是夜深、人寂。
你越过几节车厢，忽来到我的身边，问我
要不要一杯水喝？

列车穿过秦岭山脉长长的隧道，甩掉黑夜，前面是巴山蜀水，残月在天的，一角
陌生的黎明。

3

就日锋！多好听的名字。
我们守住一个熟透的夜，听说四川话的小虫，向我们道晚安。
然后便是一株银白色野花，耀亮了崎岖的山谷。

峨眉山下，听
清音阁水声潺潺，流过去的，是苏东坡留下的祝福：
“但愿人长久，千里共婵娟。”

4

三江口，我们在静静观看：

江岸上的纤路，曲曲弯弯；六个人，六株蠕动的枯枝，背折腰弯。哼着痛苦的低音符，移步向前。

这便是旅程吗？何其艰难！

我望望你，你望望我，无言。

让我们肩并着肩，背负，背负；向前，向前。

人生的旅程，还远，还远。

原载《星星·散文诗》2018年第3期

◇ 耿 翔

鸟儿飞走，带着伤口（节选）

1

如果能赶上每天的落日，让我来安葬马坊的山梁。

这地方，就是过路的人，也能活下来；也是我们一辈子，只要把土地背在身上，就能天下太平的好地方。而那些在云朵里，藏得高傲的雨，不落下来，也旱不死，这些神一样种地的人。

山梁上，那些骑马、吃粮、扛枪的人，都被风吹远了。只有凿下这些天洞，祈求安下身子的人，还能在深夜里，用一些神灵才能听懂的语言，歌唱自己。

我的心，因此安静，也因此悲伤。

累了一天的山梁，我来安葬。

累了一生的亲人，我来安葬。

5

沿着山体的生命线，鸟儿飞走，带着伤口。

鸟儿飞走，我的身体落在更远处，接受比饥饿还要严重得多的折磨。一座突然出现在平原上的大山，让我彻底认不出来。走过的世界，还会把什么一路陌生地放在我的前边?

这个时候，我能扶起接近死亡的人畜，却扶不起躺在大地上荒芜的墓碑。它的倾斜，让我看见另一世的祖先，还在旧年里，守着和我们一样的麦田。只是他们握在手里的，所有铁器，都失去了锋利。

沿着山体的生命线，鸟儿飞走，带着伤口。

6

鸟儿飞走，带着伤口。谁在前边，惋惜地唱?

这个时候，我看见的大山，像一片原始的黑铁，躺在河流身边，也躺在一群耕男织女的身边。飞扬在野性的平原上，星云的方向，流水的方向，都不是鸟儿，挣扎着飞向粮食的方向。

这个时候，我看见卧在大风里的平原，却在鸟儿的愤怒中，带着河流盘绕一座大山。

我用半生，俯视平原的目光，却被判定为半生的错误。

鸟儿飞走，带着伤口。我在人间，我被唱醒。

10

雪让大地歇下。

也让我在它的苍白之中，歇下身体里又拖延了一年的病。

这个时候，我在马坊的一年里，过着最没有想象力的日子。一棵用枯枝，把天空割成碎片的柿子树，一个中午，让我目不转睛；让我看见，一颗挨不过冬天的柿子，它死亡的全部过程，正被鸟声破坏。

这个时候，我对马坊最大的叛逆，可以独自打开自己的世界，给一位想象中的女人，写一些情诗。

然后从心跳中，退出自己。

而熬一些中药，让身体接受草木，不知结局的治疗，人们都会。

因此，落在多年的生活里，大雪，是我放弃了整个马坊，也不放弃的生命课。

13

鸟儿飞走，带着伤口。我飞不走，我带着自己。

我飞不走。因为马坊的每一条河流，都是从血液里，拴着我的一根绳子，都是温暖我生命的，冰河里的火。我在这里需要的不多，我记着父母的眼睛，总在粮食和我身上放光。

我飞不走。因为马坊的每一座大山，都是从骨子里，给了我敬仰的一座丰碑。我不会弯曲的身体，能一次换来几首神圣的颂歌，我就滴血，把它完整地朗诵出来。

鸟儿飞走，带着伤口。

我飞不走，我带着圣歌。

原载《星星·散文诗》2018年第9期

◇ 郭　辉

金鞭溪

伟大的王，长鞭一甩，就把天下的奇山，赶到了一处。

然后掷鞭成溪。

大气魄的传说，只有种在这里，才能成活。

金鞭溪，就这样种下了，活着了，把神话中金子般的光芒，镌刻在这里了。

自西往东，蜿蜒而行。

有时是那么平静，敞开胸怀，微抿笑意，搂着两岸青山翠生生的影子，稍稍踮起脚尖，怡然自得地流淌。

有时却彰显出放荡不羁的野性，活脱脱像一群山野的女子，一路哼唱着脆亮的山歌，在溪石上跳来跳去，溅玉飞银。

更多的时候，只是随性地，一步一步地，往低处走，往更低处走，朝远处走，朝更远处走，仿佛从来就没有目的。

没有目的，才是最大的目的！

以水灵灵的本性，在力所能及的地方，亲吻每一寸土地，每一粒沙子，润泽每一棵草，每一片叶，每一朵花。还给岩石，山体，和循环往复的四个季节，注入血液，注入活力，注入生机。

一道绝无仅有的风景，鞭辟的神话，更具有真实度，更加可信。

大美无虚！

原载《星星·散文诗》2018 年第 3 期

◇郭　毅

放眼一望，世界如此明亮

好久不曾审视山水相依的世界。

成天忙碌只为自己而低头。一再地弯曲深陷自我气氛中，除了越来越近视，还精神恍惚了许多。

这日，仿佛受到神引，在川北大巴山一处简陋的民居醒来，推窗一望，阳光下的半壁河山摇曳翠绿，携带明媚的圣语，开着花朵，已在殿堂披着袈裟，打坐默念。

她神色笃定，稳固而庄重，像座集满灵佛的大庙，在风中包容撑开欲念的叶子，从天空直插山崖的大鹰、从那处到这处悠然飞来的白鹭……甚至刚刚破茧而出的蝴蝶，也在蜜蜂刚刚采过的花蕊停下来，侧耳谛听她的教诲。

实在太自我了，怎么会有如此短浅的行踪？

世界多好！要是自己是那只蝴蝶，会不会也在蒙昧之初，最先洗心革面，礼迎一个崭新的天地？

既然不能像鹰在碧霄望到更远，也不能像白鹭从窄的水域到更宽的江河，还不如甘心做一片叶子，让蜜蜂飞累了靠一靠，嗅闻其腿间裹满琼浆的芳香。

这时，谁最先睁开眼睛，谁就早得到启迪。

我是这样想的：如果真有那么一天，低头已不容许，不如抬起头来，迈步向这世界，交出所有，

在她明亮的怀抱，静静地安居一隅，享用这世界永不磨灭的芳华。

原载《大风诗刊》2018年春季刊

◇ 郭子畅

爷爷的摩托车

爷爷去世后，它便越发的苍老。

今世不曾相逢的沉疴和疼痛也一一冲进它的骨头。

生锈。油管堵塞。油箱漏油。发动机故障……这突如其来的灾难，让它猝不及防。

这一刻，它真的老了。黄昏，村庄仅剩一只老黄牛对着夕阳哞哞叫。

被遗忘，被忽视，在一个破旧的茅屋里与这将近的夜色做挣扎，继而被夜色带入沉默。

此时，我仿佛看到了生前的爷爷。暮年，他的命运被一张睡了三十多年的床板紧握。

不松手，爷爷挺直的腰板渴望窗外的春天。

不松手，爷爷和他的摩托车一起走丢了。

在这个屋子里，我呼喊爷爷的摩托车，我呼喊我的童年。

我呼喊："爷爷……爷爷……"

原载《湖州晚报·散文诗月刊》2018年第5期

◇ 韩嘉川

巴山夜语

好好睡吧，孩子。巴山夜雨又涨满了秋天的池塘。

道路与桥梁亦如松动的牙齿，已咬不住时光；老树的根须也抓不住山体的流向。

而昏黄的灯晕，把妈妈的影子往事一样推到墙上，然后摇曳着雨丝的窗帘儿，向外窥望。

你爸爸在远方，骑着摩托车给年轻人快递时尚；

坚硬的笑容，同路旁的法桐树叶子一起，飘落满地辉煌。

好好睡吧，我的孩子。雨水填满了夜的所有角落。

妈妈怀抱的温暖与气息在散去，像老屋烟熏的味道只是你身份的底色。

条条雨线丈量着山村与城市的距离，那是你长长的命运线。

而那里的广厦已屏蔽了风雨，落地玻璃窗与高高的台阶光洁熠熠。

你爸爸在那里，骑着摩托车将外卖送到现代生活的细处；

夜本来没有多少分量，是你入眠的鼻息，羽毛一样编成他的翅羽。

好好睡吧，我可爱的孩子。季节已涨满了河床。

秋虫的嘶鸣对淅沥的追问闪烁其词，阴雾中山道的走向亦语焉不详，锈蚀的铁轨依然当当敲亮漏雨教室的晨光。

瑟缩不已的枝头挂满雨珠，是另一种文字在书写天地。

而泱泱秋水，是所有的目光汇成的瞩望。

你爸爸的远方，摩托车穿越大街小巷；

拣城市遗弃的光色，为你拼贴未来的梦想。

原载《星星·散文诗》2018年第6期

◇ 韩宗夫

镇河之剑

一柄生锈的长剑，在河床下逆流而行，一种向上的力和一种向下的力，互相抵消，使一条宽阔的河流，运行缓慢，像一位陷入沉思中的老人。一柄剑拖曳着一条河的泥沙、鱼虾，一直向上，梦想返回到河流的源头。

两岸怒放的野花，随着漫不经心的风，不停地涌动，它们当然熟知剑的去向。河面上微微泛起的漩涡，是河流的眼睛，也是长剑光芒的延伸。剑锈蚀了，但剑的光芒并没有锈蚀，穿透泥沙，穿透岁月，又流露了出来。

一条蛇追随着剑的行踪，剑一样蜿蜒而行——剑拖曳着两岸的栗树、杨树和刺槐；一条蛇拖曳着茂密的青草与灌木。

秋季衰老的天空与剑无关，奔跑的牛犊，顺风人情的蝴蝶，与剑无关，我的芳草心与芳草无关。

剑行走，剑的光芒就向两岸渗透，河滩上的植被，都拥有剑的品质。如果剑静止，河流之上的行云也会静止，宛如朵朵盛开的礼花。剑起舞，河水起而观之，不舞，以静制动。

河水如同两袖清风，握在剑的手中。剑是河水的英雄，惺惺相惜。河水是剑的延伸，指向大海，指向蛟。

蛟四面楚歌，内心忍辱含剑，举步维艰，只有拜倒在剑下，俯首称臣。

原载《星星·散文诗》2018年第4期

◇ 何吉发

生活在城市的植物

这些路边零星的野草、几棵灰灰菜；这些楼下墙根站立的几棵玉米、高粱和向日葵，都是我乡下的亲戚，每日处在不起眼的角落，对我微笑，甚至伸出手臂抚摸我的身影和目光。

它们远离了故乡，显得孤独无靠，哪像在田野、在山坡，野草浩瀚，手拉手、心连心涌向天际；玉米、高粱成群结队，连成波涛起伏的海洋。散步其间，无数的虫在吟，风在唱，满鼻是好闻的气息和芬芳。我的心沉静，仿佛回到了亲人的身旁，感到了亲情和力量。

这些背井离乡的植物，没有玉兰花硕大的花朵，没有铁树冷漠的面孔，也没有众多娇宠的花朵迷人的妖冶，但它们并没有改变自己的秉性和气质，即使矮小，即使靠边站，还保持着特有的品格和风骨。

它们就是我儿时的伙伴、小时候的挚友，在这万丈红尘中，茫茫人海里，给我几缕温暖、几丝慰藉，几吨看不见、摸不着的乡愁。

原载《淮风诗刊》2018 年第 5 期

◇何　文

以羊为字根，理解汉字描述的生活

仓颉造字时，曾用羊来诠释生活。

打开汉语字典，一大批带着青草气息的字奔涌而出：鲜、美、羹、糕、祥、详、群、养、善……

羊不只是养命的食物。

从味觉上诠释是生活的充裕与多样。是羹，是糕，是鲜……

三阳开泰，被羊带领着感受美，走进善。享受盛世的祥和与安康。

将羊拴在树上是样，佯是人与羊紧相依偎，众羊生活在一起是群。

……因为有了羊，汉字多了一片诱人的草原。

如果想理解得更加深刻，请带着字典走入羊群，听一听羊的发音。

咩咩声中，每一个身体里含着羊的字都泛出绿。

只有当念读的腔调中，将咩作为韵母才能理解汉字描述的生活。

原载《星星·散文诗》2018年第12期

◇ 贺林蝉

在长安

秦腔锣鼓把油菜花敲成金黄，琴弦上七百年前的春天，依旧在枝头摇摇晃晃。桃花、风声，还有刚刚醒过来的蜂蝶鸣虫，随鼓点翻着筋斗，翻过惊蛰就变成惊雷。

那个骑驴走在林间小道上的老头儿，背上驮着云朵，从灞桥风雪图里出来以后，身体被露水洇润出涟漪，一圈一圈走远，消逝。

被安排在此折柳送别的那对远古恋人，至今没有勇气说出离愁，泪湿衫袖，也打湿驿外梅花。使之过早吐露寂寞，河流也过早沾染了忧伤，藏起波澜绕城而过，水的味道一天比一天咸。

三月从东城走到西城，踩疼了地下的骨头和草根。铜马车载着天圆地方经过章台宫以后，一个朝代的遗民身似飞絮。

阿房宫与一场大火之间的关系并不值得探究，画眉草把某个黄昏排布成千军万马，穿过龙首原，与秦朝的那场大雨合兵一处，攻破了咸阳城。

大唐李白在长安酒肆一醉千年，偶尔醒来时，便在酒壶里装满月光。

仰天大笑仗剑江湖。抽刀断水不如举杯浇愁，对影遥月才知此身是客。

归去、归来，万户捣衣声里自己变成了自己的陌生人。此刻天街无雨，从曲江池到大明宫，天空俯下身子，点亮行人脸上隔夜的迷惘。

就着传说登上钟楼，倚栏听沧海，景云钟一声寂寥一声沧桑，敲落檐下夜色浓稠，乳燕藏住呢喃，把天空、杨柳裁剪成无数个回眸。

从鼓楼上空缓缓地飞过的鸽群，最后变成了风筝，这一夜春色围城，陌上碧树，以帝王的姿态俯瞰长安古道、酒旗高台和锦殿罗帷。

原载《扬子江诗刊》2018年第4期

◇ 洪　烛

仓央嘉措心史：一个人的西藏（节选）

不说话

在佛像面前我不敢轻易说话，不是怕说错了话，怕的是猜错了佛的想法。在你面前我不敢轻易说话，不是怕猜错了你的想法，怕的是被别人听见了。在镜子面前我不敢轻易说话，不是怕被别人听见了，怕的是镜子里的人也听不懂啊。在鹦鹉面前我不敢轻易说话，不是怕它听不懂，怕的是真话一重复就变成假话。在雪山面前我还是不敢轻易说话，不是怕没人把我的真话当真，怕的是引来一场雪崩——作为回答。你问我是真的哑巴还是假的哑巴？我也想问你：想听真话还是假话？什么叫真话：一说出口，雪山就融化。

辨 认

我总是能从黑暗里认出你，即使阳光刺眼，我照样能认出你。我总是能从寂静中辨认出你的声音，即使众声喧哗，我还是能找到你。我总是能从花香中闻到你的香气，即使百花盛开，你仍然是唯一。我总是能从人群里一眼就认出你，即使再看一眼，我就不是我了，你还是你。我总是能从梦中认出你，即使梦见的你是假的，梦却是真的。

雪山的等待

雪山是一种等待：没等到山花开，只等到雪花开。山花是一种等待：等的人没来，没等的人却来了。雪花是一种等待：没有什么是应该，只有不应该。我也是一种等待：没等到雪山化了，只等到心软了。最漫长的等待，忘了等的是谁？最痴迷的等待，不知道自己在等待？有人等到了天黑，有人等到了头发白。被等的人已不在了，等人的人，还在。还在原地徘徊。有人因为等待而绝望，有人因为等待而存在。

原载《星星·散文诗》2018年第3期

◇ 黄成玉

成长史（外一章）

混迹尘世，有时一身灰尘。

悼心失图，我没有发言权，活着——要承受悲哀与被爱。落叶无动于衷，我没有泪水，却想胸怀四季——迎春、读夏、赞秋、写冬。

小孤岛不种植银杏树，一个人赏大自然，看山看水，偶尔跟天空抗争、对骂。

把爱过的人，一遍又一遍写地进个人的诗歌成长史。

博尔赫斯的玫瑰

没有哪个时刻我能像蝴蝶，轻盈灵动就写出一首诗来，我无法穿透这罕见的曼妙。

你知道博尔赫斯为什么对于雨夜，能写出雨夜笔下极致的父亲吗？

你在岳麓山下，师大玉兰路口。那里往北树木丛生。那里远离篝火鸟语蝉鸣，悠闲与宁静无法比拟。

你如果眺望不远处的风景，湘江辽阔，远近高低就靠近了生活本质的气息。那时你正在呼吸一片属于艺术精神的天空。

天空蔚蓝，你拾起一本博尔赫斯曾在庄园写下的玫瑰，你清晰地在纸上写着爱与恨。

我在湘江边往北另一条小巷口夕阳下转弯，我们第一次见面谈起海明威，谈到了《老人与海》。那场景无法虚构，麓山寺的钟声回荡到了穿石坡湖，海明威到了这里，昼夜兼程修炼沧桑。

你的朋友，遥远的带有玫瑰花香的朋友，何时何地你将乘坐游轮跨越大洋。

从不被打败的地中海悄悄地，悄悄地分行写博尔赫斯写过玫瑰的那个庄园。

原载《扬子江诗刊》2018年第4期

◇ 霍楠楠

自带烟火的女人

巷头的异响，在两点钟左右发起，她推着四轮小车正穿过街道，粗糙的双手堆高一车破旧桌椅。

车胎将要、还是已经报废，依然变幻出舞蹈家的身形，与水泥地面摩擦，发出吱——吱——吱的噪音。

一如她随意扎起，在晚风中将要晃散了的马尾，和结实饱满的衣袖。

在这个秋天里，同样收获了大地的热量，内心不断流淌的奏鸣曲，斑斑的油迹和浓浓的人间烟火。

她越过一座又一座，明媚与闪烁的霓虹，眼前依然是空旷的街道，耳边始终是车轮尖锐的嘶鸣。

她和我在一个平行空间里，她行走在一楼街道，我住在临街的小楼。

哈欠越来越多，楼对面铺里的麻将摊子，快要接近尾声，几双大手仍旧推搡着各自的多米诺，绝妙的音响与意念中，相继匍匐的线条之美，已然盖过了，手指与钞票互相摩擦的节奏。

试图重新拼接起，这个点至那个牌之间，漏掉的某个部分，或者错失的一些片段。

当铺子里的灯熄掉，他们睁着小鱼一样圆鼓鼓的双眼，三三两两地游回自己的池塘。

面对初冬的清冷，有人暗自缩了缩脖颈。

他们和她在一个平行空间里，他们在玻璃门里，无意识地望了下她和她的小车。

三点的列车轰隆轰隆地震动着铁轨，忽然被一声鸡鸣引燃了合唱，几重和声此起彼伏，即将波澜壮阔。

几只飞鸟在电线上立住了，这些跳动的黑色音符是真实的，它们扇动双翅，互相叼啄。

一些灯盏在很早就被点亮了，尽管还有许多隐没在各自的梦乡，我们都在一个平行空间里，我们在近处，它们在远方。

原载《诗潮》2018年第5期

◇ 姜言博

独　啜

一杯茶，独啜。

无聊中见到伊人的影子飘扬在茶香中。品一口，再品一口，茶香浓烈如酒，让我醉倒。

伊人在缭绕的茶香里翩翩起舞，有指尖划出一片热烈的彩虹。彩虹里有一种诺言鲜艳地矗立着，如一面火红的旗帜。

一杯茶，独啜。

睁开蒙眬的双眼，伊人已离我而去，只有茶香纯正地飘扬，表达高山云雾的美妙。

然而，茶香不是磁石。

伊人的远方有比茶香更美妙的东西。

一杯茶，独啜。

一个人的茶香不是孤独，在灵魂深处或许更有味道。

原载《散文诗》2018年第5期

◇ 蓝格子

芦 苇（外一章）

雨夹雪的天气向世界宣示着湿和冷，但我们还是带着连日的疲倦赶到此地，像是在完成内心某种仪式。

冬日早晨的湖边，人影稀少。

太阳的光均匀地洒下来，仍然无法稀释冷空气的密度。因为冷，河边的芦苇，雪粒让它们在短时间内拥有了比枯萎更加苍老的面容。但有人偏爱这样的衰败，比如一株枯木或几支残荷，仿佛站在它们面前，就能反衬出自己的生命力。

是什么抽干了芦苇新鲜的汁液？……

看起来，积聚在芦苇内部的力量已经完全被耗尽。

那些单薄的枯草，在风中摇晃着它们脆弱的身体，和我们一样，正在经历一生中飘忽不定的时刻——

但当我们退到远处，它们又连成白茫茫的一片，像是在摇着头，与这个寒冷的世界展开一场坚决的对抗。

湖

如一面明镜，或是一段光阴的横切面，却从不为外界所干扰。

无数人在它身边停留，观赏、赞美、拍照，意欲将时间固定在某个时刻，但它仍然安静如初，任由更多的人到来，或者离开。

有时，它的沉默被理解为一座无情的冰山。痛苦和欢乐被无声冷冻，在它深沉的内心保守着最原始的秘密。

风吹动水波，并不能触动它，雨也不能。

对于湖来说，遗忘的过程是雨滴掉进湖里，并且成为湖水本身。

而过往的事就像一座隐没在高山丛林之中的湖，不愿被说出，却一直在等待记忆的树荫落向它幽深的眼睛，连同树枝上栖落着的、披着夕光的鸟影。

原载《伊犁河》2018 年第 2 期

◇ 蓝　星

在一幅丙烯画里走来走去

叛逆，在一场浓墨重彩的相遇里。

午后的阳光，正与画布上粗糙的纹理热恋。

似是而非的构想，触动我心事，迷离。斑斓，是久置的静。

不用碳条勾勒，不按间架说话。不刻意，不斧凿，一直以来，喜欢涂鸦。

不掺粉，不勾兑。但却需一小杯水，我要把它加到中温派上用场。

我下笔不够准，功夫不够老到。但我擅长于用心，这，你是知道的。

我的眼睛哺育色泽，并且，负责鲜活，负责层次分明，这一路，定是任重道远。

我的心，负责打磨一件利器，穿透冰雪和灾难的内核，穿透上辈子和下辈子之间的距离，让爱，一步到位。

仅仅这些，还不是最彻底。

我要给它命一个名字，比春朗润，比夏明媚。

我在最原始的时空里，和它吃饭、说话，种棉麻，穿布衣。勤于稼穑。

我会一点玩弄文字的小伎俩，如此而已。

原载《星星·散文诗》*2018* 年第 *9* 期

◇ 老 秋

旧物件

打开抽屉，一些旧物件不翼而飞。

我藏过的糖纸、邮票、烟纸，还有散落的硬币，如今都去了哪里?

悲伤的夜晚，一方手帕，捂住了不急不慢的哭泣。

人到中年，过往的荣光与衰落不值一提。我在时光中逐渐老去，只能目睹一朵梅，在初春的枝头火焰一般燃烧。

幸好，还有一片枫叶，夹在发黄的典籍中。恍若一种心跳，清晰可辨。

我承认，那些斑驳的物件是故意丢了。

天高地阔。那一直仰望的鸟巢，每天还在孵化着新鲜的鸟蛋。

失去的，正在前方，张开一叶蔚蓝的帆。

原载《皖江晚报》2018年1月24日

◇雷　霆

谭家窑（外一章）

低矮的院墙来自河里的石头。什么重了，什么又突然轻了？忧郁，空旷，枣树上悬挂几颗干瘪的枣。安静的瓦楞，衰草似有似无。窗棂上的阳光一格一格的，像时光的点名册。田间地头，羊群浮在玉米叶上，像清点一年来的账簿。空旷！许多这样的秋天，被记录在案。河岸上的落叶，已分不清哪一片是杨树的，哪一片又是残柳的？

可以肯定的是，它们都没有了雄心。向阳的山坡，由牛羊守着。土墙根，由老人们守着。阳光充盈，高原上旱烟的味道持久而绵长。都经历过沧桑，有一张松弛的脸。这烙印也太深了，请求岁月认领。从山岗往下看，和从沟底往上看，退缩的村庄都获得了旧时代的褒奖。我看见，那些悄悄挪动的事物心安理得，沾染了慵懒的陋习，传递着新一轮的寂寥。

告别总是安静的。一座老宅闲置于枣林，青石垒砌的墙，散发着河流的气味。街巷太窄，许多人侧身走过，走在异乡的路上。

他们不回头，我也能看见他们浮在岁月里的背影和苍茫的尘埃。

止于蓝花布的寂寞

纯棉缝补的日子需要镂空。需要动用来到身边的闪电，催开黏土里的白浆，需要以草复命。采石灰于暮春，种豌豆于芒种。当采矿遇见种植，流水做媒。比棉线更粗糙的手，去雕版，青筋凸起去刮浆。在飘香的染房，铁锅开花之时，豆香忍住沸腾。

从花草到鸟兽 ，从风景到仕女。一路走来，风尘已告别酒肆。蜡染过后，蓝花布在晒场上，随风舞动。古镇阳光充足，蓝花布闪闪发亮，这气息，让草木张狂，让山川执迷。好像那些旧时光又回到身边。

心中还得装满山水和雾霭，保留万物与生俱来的神性。唢呐吹响之前，灯笼高挂，街道上寒风追逐着寒风，炮屑从村东头刮到村西头。仿佛幸福止于一条蓝花布，寂寞的石灰，豆香里的花朵。浆水浩瀚，擦拭植物的锈迹，刻板上的花朵，以白为美。铁锅微凉时，蓝花布就不会凋谢。

原载《诗潮》2018年第6期

◇ 冷 吟

乡村底片（二章）

南瓜花里的萤火虫

把南瓜花变成一只灯笼，需要一个秋天，一个夜晚，还有几只萤火虫。

当然还要有你。

你是捕虫能手。除了扑蚂蚱，捉蝴蝶，还能以敏捷的身手抓住那些会飞的星星。

而我是摘花使者。穿篱笆，爬沟渠，躲过邻居那条大黑狗，掐得最艳的南瓜花举到你的鼻子尖儿；有时惹一身花香，有时沾一身泥巴。

那些星星就有了一个芬芳四溢的家。

那些夜晚就成了一个朦朦胧胧的童话。

而今，南瓜花的模样依然娇黄娇黄，那些萤火虫般的岁月，又在村口哪棵枣树下闪亮？

父亲的笛声

夏夜。喝完了母亲擀的绿豆粿子，常和弟弟妹妹铺一张草席，躺在天井里乘凉。

父亲的笛声便和月亮一同响起。

是《小放牛》还是《催马扬鞭运粮忙》？是《天女散花》还是《枣园逢春》？

手指开开合合，梧桐窸窸窣窣。一条河被父亲制造出来，绵延，跳动，扭舞，暗白的浪花飘过耳膜的两岸，印在乡村深蓝的寂静上。我们的幸福因而变得简单而潮湿。那条河也就不知疲倦地流淌，流淌，从天井流到树梢，从树梢流到天空，和高远的夜空连成了一片。

母亲的蒲扇，扇走了蚊子的哼唱。

父亲的笛声，吹落了天上的星辰。

我们像三只小羊，嚼着笛声的叶子慢慢长大；而不知何时，父亲的竹笛竟变成了一管洞箫，在老家的绿荫下独自长出浑浊的惆怅。

原载《伊犁晚报》2018年1月29日

◇ 李朝晖

时间琥珀

时间的琥珀里可有返回尘世的路径?

烟花散去之后，招魂幡唤醒沉睡的亡灵，黑白影像，发出金属的声音，走向星光深处。

有音符配乐，生死的法门打开。

经卷记录下一枚枚符号，迎接哲学的辩证。

岁月的裂纹举棋不定，谁将会是下一位殉道者？对垒悬念，追忆一声鸟鸣的残破。

季风举行一场盛大仪式，占卜光阴的走向。

隐喻沉醉，夜晚无法安眠，聚拢一处处断想，联合昭告天下，日出之后就是月落。

影子倒下形成启示,压低的呼吸还在忧伤,谁能用文字解析?

笔墨纸砚进入休眠期，唯有风情杜撰出艳丽的壁画，一针一线串起现实背后的沧桑。

无须证明，呓语已模糊了主题。

只留下一道清晰的烙印，刻下被放逐的疼与痛。

原载《中国诗人》2018年第3期

◇ 李　耕

题梅及其他（组章）

愁

李清照的愁，舴艋小舟载不起。李后主的愁，春水一江流不尽。

穷苦的父亲，破碗里有二两烧酒。

再重的愁，也浮在碗面上……

风与尘

不死的风起于一瞬终于一瞬，只有尘土在感觉风一瞬又一瞬的喜怒与沉默。

风不死，尘也不死。

尘，是风的不死的形象的替身。

晚秋一梦

梦之门的锁，在太阳下锈得难以启开。

梦暴雨从自己的屋檐开始，梦蚂蚁搬迁从自己的梦角边开始，梦月光下的蛇爬而弯曲且曲出一篇散文文字。

未梦见曙光。

曙光，压在梦的底下……

题　梅

雪，太冷。

梅，开在太冷的雪中并非是梅自己选错了季节。

没有梅的燃烧，雪的山野太寒太苦太寂寞……

蛙　鼓

惊蛰一声。

一声衙门的击鼓，喊塌了六月雪的牢墙。先锋之音一声，匍匐田野，蓬雀岂敢是蛙的同盟。

破寒天冻土的此刻，蝼蛄，蜷缩在土墙怯懦一角……

◇ 李俊功

一切的过去式

光阴辎重。

一朵花抱不住时间的露珠。

于瞬间的坠落，已和怨恨、贪痴拉开深渊的距离。

立于崖壁，叹服一株草的打坐，那种无视险峻的大度。

忽然间萌发绿色，再次染遍无尘欲念。一念之间的飞驰，全然抛却的危险，注意足下，我企图一次次放轻自己。

亦放晴自己！断除一个个突发的私欲。

昨日的星空非昨。一颗星举着光芒度过岌岌黑夜。

当我忘记，一切的过去式，当我忘记，崭新的过去式，世界是面对我们的鲜花！

而我——

必将抱着心，暖身，以及这个所处环境，小及小，大及大的风物万众。

原载《星星·散文诗》2018年第1期

◇ 李茂鸣

江边独坐

那随波逐流的日子远去在一条浪花的船上，很快就要靠岸。

也许有点急迫，船，轻轻地晃动了几下。

一朵浪花跳上岸，在一只透明的茶杯里张望。

我无意的亲吻，一片光阴的涩，慢慢地停在了舌尖。望着那些还在江水中的人和物，点了一支烟，岸上的石头和杂草都忧心忡忡。

没有比岁月更深的河流，也没有比时间更长久的等待。

我时常抱住一条河岸，像抱住一把竖琴。

一个人独对江水，轻轻弹唱。

一朵浪花睁开眼睛又在一只茶杯里闭上眼睛。

任凭几片时间的茶叶，张开翅膀，飞翔在时间的苍茫之上。

太阳的光线，在透明的玻璃上打滑。

心跳的落日，最后静静地落入一只茶杯，并没有溅起浪花。

我努力站起，举起一杯沉沉的暮色，像举起一生的才华，倒掉，或一饮而尽。

之后，转身离开。

只留下一把空空的椅子。

原载《星星·散文诗》2018年第12期

◇ 李松璋

瞬　间（外二章）

即逝的事物，包括月食之夜对一朵昙花谢幕背影的感叹。劝世的动机。我们有何资格向似是而非的时间表达伤逝？杀机也潜伏于瞬间背后，目光苍老。坠马的骑士。时间要去翻越山峦，如蛇，逶迤而行。它却猛然发现，匕首遗落夜间借宿的悬棺里。是瞬间的慌乱让它坠马。膝盖受伤。它飘起来。一只在天空上冬眠迟醒的稀世之鸟。

唱或朗诵

这个季节适合读诗。荷叶们在淤泥里站成一片，水中埋伏莲荷的欲望。岸边的女孩子们站成一排，等待快门的一声挑逗。请问，那棵树是谁？是啊，那棵看尽繁华的老树，像寓言一样，穿着乞丐的衣服，蓬乱的头发里，那只沙哑的蝉，唱着谁的诗篇？

喜 剧

逼真的道具让人忍俊不禁。剧情已不重要。木马在山路上疾驰而过，倾城的消息点着火把，穿过最后一个无人看守的驿站，西去。西方有海。等着木马渡海的鲸鱼饥肠辘辘，口干舌燥，喉咙哑得说不出话。太阳又一次给它一个嘲讽的眼神，留下一抹红霞。其实，它看见，力竭的木马早已坠入山崖。

原载《诗潮》2018年第3期

◇ 李啸洋

身体经

有时，身体是要扶起的角色。礼佛，叩拜。彼岸的尽头有清水。灵在路上，脚也在路上。梦从灵魂里出走，身体倒进浓稠的夜晚。在身体里种一株树，用绿色庆祝，用风雨庆祝。

所有的身体都长在春天松动的梦里。所有的身体从子宫里来。所有的身体都泛起柔波。所有的身体都将化成灰土。身体是男人的药引、女人的簪子。胡须，情丝。一个身体纠缠另一个身体。河流在身体里熬成苦药，簪子用目光竖起一堵墙。镜子隐藏了一张脸。时间用皱纹缉捕一张脸。询问时间，询问眼睛。大多数时候，眼睛轻易闭上，耳朵充当了阴暗的器官。

李白和酒葫芦在水上练习平衡。手掌暗中传递力量，英雄一声叹息。都护府的脉搏随着马蹄呐喊：沙场、铁戈、楼兰。身体荣升、贬谪，牙齿跟舌头争辩，耳朵却在装聋。不过是摆设，不过是这副皮囊。睡眠伐倒了身体。一株树用根抓紧自己苍老的身影。

原载《星星·散文诗》2018 年第 10 期

◇灵 焚

错 位（外一章）

只有你是真实的。

我却如此胆怯，日子在世俗的刀锋上战战兢兢。

世界大得可以容纳所有生灵，却小得无法装下我仅有的忧郁。

在这狂欢的城市，夜色遮蔽了一切真相。

繁华像一块瑰丽的裹尸布，上面绣满梦的图案。

人们有足够的理由忙碌，被地铁吞咽着，在夜的肠胃中被任意蠕动、消化。

街道寂静只是暂时的、虚假的。

你的真实成为唯一的灯盏，正如你驱使裸露的文字拒绝黑暗。

除了你，谁也不能告诉我黑暗的背后是什么。

城市一圈一圈在扩展。多少人都在环线上疲惫地奔跑着。

多少人活着，却已经死去。我也不能幸免。

贴近真相又能怎样，依然跑不出胆怯的疆界。

我只能让你如此失望。但淹没我的只有自己的泪水，还有那些与生俱来的恐惧。

我为失去些许的安宁而恐惧，尽管我已经失去了这个世界。

在你的真实面前。

慢下来

都说中秋，整个世界在月色里团圆。

团圆，需要慢下来的时间，至少慢到一壶酒与一朵花的旅程。

慢到一个字与另一个字相遇时门前月下的斟酌。

在月色里团圆，从一种心情开始。

需要省略周遭的事物，包括街道与楼群的千篇一律，漠然目光的似曾相识。

让慢下来成为一种能力，犹如中秋的月光，充盈，自足。

一万年沧海桑田，不露声色、不卑不亢。一万年的阴晴圆缺，那是自然的生态，不关乎人间的离合、悲欢。

中秋月，人间曾经多少故事？而月光，依然是原来的月光，没有咫尺，也没有天涯。

用慢下来的心情，拥有中秋的月光。

跟月亮诉说愿望，不要在意这个世界无动于衷，诉说的你已经心驰神往。

原载《西部》2018年第5期

◇ 刘川

夜半（外三章）

灯下查钱的境界，是无上境界。

耳边来钟的境界，也是。

佛家所谓的：无二无别。

遗憾的是，灯下无钱可查，耳边钟声渐凉。

于是下床，煮一碗方便面。

就着一盏台灯，把人生杂感当调料包，慢慢撕开。

工程

佛问：谁能造塔？

文殊师利起立，摘草，插于空地，答：建塔已毕。

这是极简主义，或者豆腐渣工程。

我不管，反正经常用这种方法，并且真的在一棵插在沙地上的小狗尾巴草之下，得到庇护、栖息和安宁。

自画像

酒，人送哪瓶喝哪瓶。

书，风吹哪页读哪页。

一个存折经常清零，一个公文包经常装烟和扑克牌。

后来，烟戒了，扑克牌扔了。

公文包里偶尔有避孕套。

更多时候，是一本书。

烟 友

夜半归家。

途中来人，鬼魅一般，打个照面，拦住我：“借个火。”一转身，复又不见。

一生或许只此一面而已。

一生或许只此一支烟的缘分而已。遂抽一支烟，纪念他。

原载《西部》2018年第5期

◇ 刘大伟

雪，或者青海男子

纷纷扬扬。

这是一次绝地孤旅，还是一场盛大的绽放？

道路无言，大河早已交出了自己，群山成为隐约的背景。

一匹马小心试探着前方，看它挂霜的睫毛，栗色的鬃发，瑟缩的尾巴，比远行的过客更为孤独。

院落或如方印，大雪逐渐封门。

寡言的青海男子准备挑水煮茶。雪落在他宽厚的臂膀上，如细密的幸福无声叠加；雪落在他空空的桶里，如琐碎的往事慢慢消融。谁会否认，他注水入缸的姿势不是一个故事精彩的开头？

雪，仍将沟壑填充；水，一直在壶中翻滚。

前世的寂静和清凉呵，终成今世的慌乱与沸腾。

青海男子围炉而坐，仿佛习惯了这样的寂静与从容。他不断拨亮炭火，让沸腾加速，似乎要把雪和水的骨头煮出来。

而大雪愈加厚重，远村了无印痕，白茫茫大地真是干净！

原载《诗潮》*2018* 年第 *6* 期

◇刘　琼

一场雪，在天山深处等我（节选）

1

一场雪，在天山深处等我。

缥缈，浓密，不可穿透，我想借用更美妙的词语。

尽管我是坚硬的，粗粝的，而所谓的柔软，这一切取决于风会从哪个方向吹来。

当所有的碎片都结晶成型，我注定深入，或坠落。

我想说的是，在世间，爱，多么艰难，要留一半，索要一半。

在这里，我轻易地就交出了所有。真的，面对整个天山，漫长而绵延的寂静，我有足够的耐心和等待。

3

踏着落雪的小径，成为小径的一部分。

直至山顶，你看到旷野辽阔，你成为辽阔的一部分。你看到盘旋的鹰隼，指向天空的雪峰，犹如白色的火焰，舔着云，成为云的一部分。

5

远离尘世，夜宿在山谷下，把骨头从体内抽出，就像从夜晚中抽出寂静，交给风，交给白霜，交给一缕月光，映照在石阶上，而后再叠放在床边，等到天明，被肉体叫醒，被灵魂穿上。

一棵松塔，晃一晃，“啪嗒”一声，这短暂的快乐，千年的羞愧。

今夜，透过树梢的清辉，只怕是又老去了千年。

6

天山脚下，渺小如我，仰望着星空，可否能回应它千年的喟叹。

云深处，千峰竖起，不可测，不可触。就这样不悲不喜，从一个夜晚到一个夜晚，被岁月安抚。或许，喧嚣是深渊，有太多的隐痛，我不再道出。

7

旷野无边，万物不断消失，又不断映现，这尘世间的轮回，谁能把生活过成永恒？

月光、松影、小径、白霜，斑驳在千年的崖石上。

野花在山谷安睡，它们会在初夏苏醒，它们还有一万年的岁月可以虚度。

关于永恒，不过是此刻，在天山深处，我摊开纸张，继续一场铺天大雪……

原载《克拉玛依日报》2018 年 3 月 7 日

◇陆　承

无效的谴责

哦，那个老好人，在批评与颂词之间哭泣。
哦，体制樊笼，龙在天上。
我们观看，这零度书写的世界。

他老了，没有希望，没有欲望。除了可以做一个老好人。
他沧桑，他算计，他刻薄，他唯有以老好人的面貌抒怀。

唉，这个无能儿，在社会之车上还未找到合适的座位。
看什么看，说你呢。
我知道，谢谢了。

我是一个无能儿，我是庸俗的编织袋。
蜕变，或堕落之美。

啊，你是谁，领受一遍遍的折磨与修行。你是一个无可复制，或一遍遍被打磨的词语。你是指代中的奔涌、内敛和惶恐。

你悲伤于无助的悸动。你沉浸于无边的山水。

你是谁啊，无人回应。时光回荡，都市拥挤。唯有心房的一角，才能听清这穿越了一座城的喧嚣和静寂之后的追问。

原载《扬子江诗刊》2018年第2期

◇ 陆晓旭

瘦竹（外一章）

瘦是一种气节，临危不乱。

在寒风和冰雪中起舞，与时间和琴瑟和鸣。始终保持克制。从来就不恐惧漫长的冬天。就算被掩埋在无尽的黑暗里，也不忙着出头。九九八十一难之后才会拱破泥土，一日三尺，弹词成箭，无声地射向空茫的穹庐。

瘦是一种寂静之美，身影窈窕。

诱惑

奇迹还没有发生。

九月一晃而过，十月的太阳刚刚升起，就被十一月的风雪卷落。十二月的冰河封冻起三套车的回忆。这个万物萧瑟的季节，任哪一个火热的女人，也不可能用她的红唇烈焰将我点燃。

我是一只黑夜之鸟。

在天宇破晓之前，等待一张弓，拉满空弦，然后将我梦到的惊喜，射成羽化的蝴蝶。

原载《星星·散文诗》2018年第12期

◇ 栾承舟

夜宿原山（外二章）

暮云向晚，千层万叠的波涛，如若天籁。

齐长城，古远之地。历经天崩地裂，风花雪月。

马蜂，鹳鸟和羊，自密林出，尔后，是如冰河期一样久远的缄默。

波涛隐隐，二亿五千年了，至今，仍在奔突。

孟姜女的泪，将士的金戈和交迸的雷鸣，沉寂下来，无声。

李清照，吟者之姿清雅，像一位云中仙子，一片含羞草叶，欲语还休。

旷古未有的风，附在我的耳边，说出：一波波盛开的潮涌……

颜文姜祠随想

血中裹了太多的盐，你的泪，滴在梦中。

心之伤，深入骨髓。

每个密林、街口的黑，在梦散人醒时分，走出来，把你的路，铺满霜尘。

满心的善，被欺凌。

我们的姨或姑姑，她人美，心软，命运多舛，灵魂开出了乾坤之花。

她的灵泉，千年不涸，穿过海一样的岁月，哺育了一个民族，坚强、美好的魂魄。

远方，孝水正从我们的心上，穿城而过。

石海霞光

凝固的波涛，依稀吹奏着鱼气息、各种水生的草气息。

五月的风，和凉，鹊之吟哦，路过铁骨铮铮的壮美。

一朵光乳中的小黄花，凭吊着日月嬗变，血肉相搏。

拜读古遗址，自奔突的马蹄开始。

这个时节，宛若宣言、传说、梦幻的石海霞光，均已萌发新芽，拷问着谁的骸骨？

四只，历经硝烟的牛，破敌复国的牛，心中的火焰渐渐熄灭。

美，力度与内在的蕴含，上升为雕塑艺术。

原载《桃花源》2018 年第 4 期

◇ 萝卜孩儿

远 方

种子望眼欲穿的地方。

一粒种子，她伸入暗河的神经，已触及石头的骨髓。

眺望远方！远方有一片云，还有云儿生下的一场雨。

一场雨，淋醒了亿万颗胚芽。

睁开眼睛就是春天。就有一场洁白的花事，涟漪一样蔓延！

谁的眼睛不是一粒种子？落地生根，触景生情。一段因缘，连接着前世今生！

哪一粒种子，不是一颗明亮的眼睛？眼角里的一眼泉，睫毛上的一片云：彼此相忘，又相望！

颗粒饱满的一粒种子，额头碰疼刚刚探出头来的云影。然后她俯下身来：拥抱湿度适宜的墒情……

原载《山东文学》2018年第6期下半月刊

◇ 梅一梵

冰

冰。是水的另一种形态或方式。

它坚定、果断、理性。

不会像水那样，剪不断理还乱。也不会，抽刀断水水更流。

在冰的概念里。

它是一个睿智的思想家。

是一副铠甲，一件雕塑，一座山。

当有人告诉它：这个世界是危险的，它就与地球上的其他生物，与人类，甚至与自己，保持适当的距离。

如果它肯定这个世界是危险的。

它就居于悬崖。

居成白发三千尺。

居成一条深渊从地起。

然而，

大多数时间，它会居于江河之上。

让水下的生物，在它的怀里游来游去。让岸边的居民，爱上，并稳妥地度过这个冬天。

然而，当它感觉有人杀鸡取卵，有人破冰取海时，

它就变得更坚硬，更有重量。

它会在冷峻中，

把密度加大。

把比重加大。并且让自己不断下沉。

直到把所有的水都转化成冰，直到把海洋里的生物都收复在冰里，直到把地球也收复在冰里。

连同人类一起。

原载《四川诗歌》2018夏季号

我们爱过的那棵桂花树（外一章）

那个临窗而坐的人，那么亮。唯独。仿佛自己举着头颅的灯盏。

人世静默。万物凋残。

唯有我们爱过的那棵桂花树依旧葱绿。

看草，看花，看夕阳。听风，听香，听你说话。

那景致是珍藏的画幅，挂在心墙之上。

那声音是最美的声音，是《广陵散》之后，再无人弹出的绝唱。

桂花结果。树上挂满瘦长的果实。饱满而青翠。

这，出乎我的意料。

送你一枚。自己留一枚。

你丢了。不，我将它紧握手心，我知道它会发芽，再次长出春天和秋天。再次开花，结果。

最重要的，你会从树下长出，携带那天的夕阳，静静地看着我。

终究，雪夜穿梅林

一根，两根，三根……

先是误落在黑色莽原上的芒絮。对着镜子，“咦”的一声，轻轻吹掉它。

四五根，七八根……

这次是银针了。每一根，都扎在肉里。拔起，有切肤之痛。拔不掉啊，拔不掉，岁月潜滋暗长的沧桑和慨叹。

十几根，几十根，几百根……

数不清了。时光到底让一个人雪夜归来。

又冷，又寂，沧桑不言。素白，那么惊心，那么刺疼。可又让人开始清醒。

河流成冰。视野辽阔。内心坦荡。

好吧，好吧！任其恣意，任其蔓延，任其逍遥。

不再害怕。不自觉，已长成天地一分子。

夜太黑，那个临窗而坐的人，那么亮，仿佛自己举着头颅的灯盏。

开始雪夜穿梅林。一个人浩浩荡荡，独行千里。

原载《伊犁晚报》2018年8月29日

◇ 梦　阳

深秋，与一头野牦牛对望

向日葵，把日头转向了黄昏。

那一刻，众草匍匐。

一头野牦牛，背对着夕阳，似乎在对抗着什么。对抗什么呢？永恒吗？时间吗？大地寂静！

寒气，在它的背上抖落。雷霆与闪电，在夏季就已驻满它的体内。此刻的野牦牛，所向无敌！

雪山在它的蹄下，矮得如同一只倒扣的银碗。

它昂了一下头，弯角便把夕阳挑成了耳边的小小灯笼。

它一低头，深秋便辽阔起来，那种没有边际的辽阔。

望着它，那一瞬，我们都静止成了时间的羽毛，抑或湖中一滴凝固千载的水珠、远天一朵悬空万年的雪花。

一只苍鹰倏地从身边飞过，我们的目光相接，它不悲也不喜，满目的安详与泰然。

霎时，我的内心连同整个宇宙一片透亮。

原载《星星·散文诗》2018 年第 2 期

◇ 缪立士

一个跟着云朵奔跑的人

一个跟着云朵奔跑的人。

他不是云，是一块抹布，被生活用脏了，用旧了。

他伤心欲绝。

忽然，他望见一朵云，轻轻地飘过天空，便把灰蒙蒙的天空擦亮了。

他觉得，自己也应该是这样的云朵。

于是，他奔跑起来，不顾一切地奔跑起来。他脱下了旧外套，甚至抛掉身上所有的负累。

看吧，一个跟着云朵奔跑的人。

人们纷纷睁大惊异的眼睛，甚至向他投去嘲讽的石子。

他全然不顾地奔跑着。

他只有一个信念，他要跑到云的前面去，把天空擦亮，把自己也擦亮。

原载《散文诗世界》2018年第3期

◇ 纳　兰

蝉（外一章）

蝉。在土里安睡。大地即是它的子宫。它被蒙在鼓里，独自聆听众生喧哗；它亦深藏响鼓，随时愿为树荫下的蚁群，倾倒雷音。

从大地的肌肤凿开一个孔，
光，
就开始灌注于它的七窍。
它在树的秤杆子上，
行走如砣。
身披金刚的铠甲。铠甲亦能舍，身亦能舍，法亦能舍。
蝉。既是树下的觉悟者。
亦是树上的法布施者。
然，我非鸣蝉，非有脱壳之术。
尚不能舍此心。

去则如云，来则如雨

在御河之岸停驻，静默，像荼蘼一样吐出迷惑。

风借海螺之口吹奏海潮之音。

河水里的芦苇丛有不腐朽的身体，而我没有。白昼的云和飞鸟的倒影不能加重流水的重量；黑夜的天罡星、地煞星亦不能。

实无有法得菩提心，实非无法得智慧海。

一颗心希求在大海的声音和闪电的色相里，
得见如来。
我求一双清净眼与顺风耳，
愿去则如云，
来则如雨。

原载《星星·散文诗》2018年第7期

◇ 倪俊宇

琼崖石咏（二章）

天涯石

南荒夕照，拉长荆丛间影子的孤独。

一匹瘦马，驮太多的忧愤，踏不平前路的坎坷。

古道尽头。石兀现，人峭上立。

那铮铮如涛啸的谏言，催不响偏安的鼓角。那云铺月照的八千里路，在昏鸦的聒噪声中，折断。

历史的伤口撕裂出的慨叹，在天涯石的额顶上，溅起回声……

注视高天上的流云，倾听路边草根的屈伸。多少霜晨雨夕，折叠于皱纹皲痕。

应是补天的石头，被抛弃于远僻荒野苍茫海角。

昂一颗不羁的头颅，向千年无尽的涛声，讲述……

小洞天试剑石

不是虎丘夫差欲试锋芒之处，不愿砥砺那争权夺利的欲望。

你，耸立在这海之角，耸立在当年狼烟骤起、海盗染指葱翠椰林锦绣田园的传说中……

壁面平整，犹见剑光飞闪。

我读出锋刃的凌厉，读出琼崖儿女抵御外侮的铮铮意志。

你耸立着。任奔腾如战阵的浪涛不安千年，任嚣响如呐喊的海风劲吹不息。

有人说，风云突变之夜，可闻剑击声锵锵！

而今，前面崖州湾里，中外过往商轮相互鸣笛致意。

背后，椰林影里，红棉花下，荡起各种肤色的欢声笑语。

我站在巨石旁，远眺海天苍茫处，却见有阴霾，阵阵涌动……

哦，听匣中剑鸣声声，是否仍须一试锋芒？

原载《伊犁晚报》2018年4月25日

◇聂　沛

风　景

一群牛低头前行，土色的、花斑的、黑黝黝的，铺在镇子里那条显眼的大街上。

去屠场的路并不长，但它们走了很久。一幢幢建筑，包含几何纯粹的直角、斜角和平面的轮廓。不知为什么，四周竟空无一人，门窗形同虚设，仿佛从未打开过。

正午的太阳直射下来，天空无事地蓝着。许多年前废弃的路灯仍原地站着，好像永远在坚持和忍受什么。世界的真相是：衰败的事物似乎比正在怒放的花朵，更接近永恒。

它们走过来，它们走过去，它们不会留下任何痕迹，包括影子。事情就是这样，事情很简单。一线轻微的灰尘飞动，飞动又落下。

有几只鸟习惯性地停留在电线杆上，望着群牛的脊背。对那片宽阔、沉着的脊背，它们再熟悉不过了。

镇子外面的江水徒自空流。时间过去了；时间又从未过去。群牛甚至不注意到达了什么地方，离屠场还有多远？管它呢！只是不吭一声，专心致志地走着。

原载《星星·散文诗》2018年第12期

◇庞　白

海·听

1

从此岸到彼岸，有时很遥远，远得一辈子也望不到边际。

从彼岸到此岸，有时近在咫尺，瞬间，已然抵达。

大海，除用辽阔、壮丽、恐惧、神秘来形容，我们还能想出些什么别的词语？

蔚蓝的海，无边的从容，凸凹的不规则，无法回避的关注，不由自主地摇晃，漫天的寂静。

2

没有驿站。没有古道。没有人声鼎沸，甚至，没有鸟的影子。

蜿蜒的船的痕迹，在身后迅速远去、消失。

没有记载功过的碑牌；没有盛装，没有是非的牢笼；没有人为的历史，甚至感情的叙述。

白茫茫、蔚蓝、灰的、红的、黑的，无法诉说的颜色，反复演变、滋生和消逝。

以事物的本质而不是升华呈现，用天底下最巨大的咸涩和苦难覆盖生命，同时为生命守灵：

——这里是大海！

3

目光追随海鸥的飞翔，飘向更远。

那一抹抹灰白，简洁、快捷，光驰电闪，在海天之间，穿梭。

天阴了，它们飞翔；天晴了，它们飞翔；暗黑中，它们飞翔。

它们飞翔在我们无法抵达的世界。

4

晨光初绽。

天空舒展，撑开精神的空间：静穆、纯净，又高远、热烈。

惊涛来，惊涛去；骇浪来，骇浪去。

船儿动摇了，鸟儿不见了。大海翻腾，都在叫闹。

——孤礁，没动！

5

太阳像一个道具。那么近，那么真切。天空蔚蓝或者灰暗，天上有云或者无云，无关紧要。

让耳朵享受一下：远远近近、轻轻重重的涛声，左耳进，右耳出，覆盖和安抚我们一天比一天浮躁的身心。

6

天上无数的云：黑、白、灰、蓝、橙，一片、一卷、一缕、一团、一串。有的一动不动，有的漫天飞舞，有的慢慢流淌，有的翻腾涌动。

现在这一抹，安稳地停留正前方，在大海高处，浅白，泛红。

这一抹瘦削的云，这一抹浓淡适宜的云，正以自己的方式散去。

它若有若无，横斜着。

我和云，就这样，形散神不散地站在渐渐入冬的沙滩上，迎接快速来临的暗黑。

7

夜幕降临之际，一盏桅灯，把我们送回明亮。

摇晃中的那一道道光线，如芒刺，刺破雾霭和水汽；也如涛声，昼夜不息。

在这光芒中，“和蔼的石头像一朵花/开在脚下”。舒展的目光自由放纵，安静、平和油然而生，“人如莲/站在水中央”！

烟波浩渺，大海，绸缎一样铺开。

原载《星星·散文诗》2018年第2期

◇ 任俊国

从龙湖雄关回到人间安详

一朵云，开在雄关上。

身登天云梯。太阳已在关口为我缴纳了通关的厘金。

我走在感恩路上。

在雄关之上，云和远天低下身子，千山万壑回过头来。

龙湖在左，绵延青山的倒影静静依偎进湖波，这多像母亲的胸怀，有着辽阔的安详。金沙江在右，泥沙俱下，仿佛有十万巨兽出没。

有龙湖雄关在，十万巨兽顺从了一条江的走向。

此时，我俯瞰的人间敦厚而安然，但我不愿意长时间站在众生之上，站在仰望之上，我必须沿着古道，回归人间温度。

有乱石从山体上脱落，打乱了下山的脚步，也裸露了生根于雄关、生根于彝族同胞心底的故事。

这是一条羊肠小道。

这是一条和平大道。

岁月悠然，天地苍茫。当年诸葛七擒七纵孟获的故事就在这条古道上发生。擒的是狭隘和偏见，纵的是宽容和大爱。

我采撷一朵索玛花，采撷一朵人间悲悯，走向古木参天、藤蔓缠绕、苔藓遍地的龙湖孟获殿，走进原始的古朴气息中。

走进月琴响起的古彝寨。

龙湖火把燃起来，光明向着高高的雄关蜿蜒。

原载《星星·散文诗》2018年第3期

◇ 邵永刚

短　章（组章）

晚　秋

美是难的。细读，

更难——

一棵树，就这么立于深秋的旷野，有一句没一句地落着自己的叶子……

昨　夜

昨夜，那个数学般漂亮的女子，让心上人，

睡在了一滴泪珠儿上。

清　晨

清晨，无边的熹辉里他看见草木都哭了——
在尘世，多少盛典，
不是在泪水里完成？

星　辰

是什么让一颗星累得背不动一个黎明？
是什么让那尚未到来的一切诞生于它的心中？
无边的夜色里，是什么让她坚持报出自己小小的姓名？
无边的夜色里，根是什么让微弱的、小小的星辰，为魂灵卸下无边的仰望与宁静？

雏　菊

深秋的旷野上，小小的雏菊，浅紫映入淡蓝，
一盏、一盏点过了远山——
在渐浓渐凉的朔风里，微弱、晶莹，
像一粒两粒雨后的琴声；
像倾诉中一处、两处，我们不曾到达过的地方……

树　叶

活着——

可以绿，也可以黄；因为风摇晃，也因为雨摇晃；

活着！她要感谢一座森林，允许自己像一盏小灯一样，

藏在众多小灯中间。

孤　独

孤独，无非是神在他心里放的一盏灯：

遥远，高贵，而消极。

在一个又一个静静的长夜，一点点儿让他活得坚强，同时也为他播下了与之匹敌的悲伤……

世　间

世间必有一味药在将他找寻，绵绵的药理追踪着他千年的隐疾。

世间，是否也必有一盏灯亮在时间消逝了的地方，

防止他转身走掉？

原载《星星·散文诗》2018 年第 12 期

◇史 鸷

雪下的鄂尔多斯：逃离记

……雪下的鄂尔多斯，寒冷在聚集。运煤车运空了大地，返程路上它空空的车厢似乎满溢悲伤。深处的人们还在挖掘，这座高原看不见的内部已足够空虚（但他们说还能采100年）。而资金潜逃，楼市在一夜之间崩盘。飞过低空的喜鹊，大得出人意料，它依然在发出太平无事的报道。它飞得缓慢，心事重重（落到光秃秃的树枝上）。

初冬的一场雪带来喜悦的光泽，雪试图抹平一切，雪要把所有的黑都盖住。雪，还要再厚一点才能把所有伤痕遮掩，一场又一场的雪，它会不会对自己也已感到厌倦？雪，它苦苦的支撑到底能撑多久！

巨大的雪在坚壁清野，让我无处躲藏。与财富对视得再久，我也不可能成为任何富人俱乐部里的一员。待下去，我发现自己已慢慢变成一只小肥羊，环视周围看不见的狼，内心的寒意从脚底涌起。我必须尽快逃离。

尽管雪在挽留，一再阻塞归路，我仍得逃远些，再远些。我在漫天的大雪里撒腿就跑，一不小心就掉进四川盆地这口最大的火锅，被加上花椒面，辣椒面，涮得滋味齐全，眼泪直流。

故乡也已架起柴火，有人已准备烹饪。口袋中些微的金子终将被榨干，我将在作为羊的命运里狼奔豕突。即使如此，在末日到来之前，我也要在茶馆边、黄桷树下找到自己的家，靠一碗撒了豌豆米和榨菜粒的豆花，一碗担担面，把小日子过得活色生香——

原载《星星·散文诗》2018年第7期

◇ 瘦西鸿

贫乏时代

不妨举三个例子：雨夜，望月举空杯；雨夜望，月举空杯；雨夜望月，举空杯。

他独自在雨中，月亮独自在空中。道具就两种：他，空杯。

其实他内心，无比富有：陈年老窖醇厚的酒液，丰满的月亮，痴情的雨滴，透明纯净如唇的酒杯……

贫乏时代，他靠想象活着。

事实上，他在三个例子中，都是那唯一的人。

而场景、道具，无论怎样变，都形同虚设。

贫乏的时代，仍是可感可触的时代。只不过人，是虚拟的。

谁都无法想象，他的出场，瓦解了一个时代。像巷子尽头那道背影，他身后牵着的，是星星点点散落在青石板上的斑驳的碎影。

时代有时代的富足，而人有人的贫乏。

他，只是人群中的第三人称。

而当他独自一人，这贫乏时代，根本就没有他。

原载《星星·散文选》2018年第8期

◇ 宋长玥

青海之野（二章）

大野

大野：我听见命运匆匆赶路，而大野荒芜。
我听见匆匆赶路的男人一声长息。
大野静极。

当佩戴牛头面具的男人无语向天，当无语
向天的男人沿一条寒路走向乡土，我预见的生活
能否为落难者敞开一扇门？我预见的男人
绕过孤鹰的城堡，留下一行飘荡的脚印。

太阳说：这个男人就像历史。

想起那一年

我走过五月最辽阔的尘世，没有看见行走的脊梁，甚至一个影子。

那些心弯下腰身，深深垂进尘埃，不是因为饱受屈辱，而是无法承担更多的重负。

然后五月就空了。是的，就是那种惊人的苍茫。

就是那种绝望的等候。

原载《散文诗》2018 年第 6 期

◇ 宋清芳

春风未度

度过春风的人，一定有二分之一的肋骨，被搁浅。

剩下的不是雨水，不是律动的生命，不是潮湿的沟壑，也不是最后那个在拐角处，被棱角收拢的离别。

允许第一滴雨自嘲，允许大路回到山里。

弯弯曲曲的流年，没有值不值得的感慨，去刻骨铭心。

“终于有水，卸下火焰……”

那些心存幻想的，你要仔细分别。

我们存在，并在存在中继续剥离。

龟毛兔角。

凤毛麟角。

你是那个度过春风，并拒绝用时间作为砝码衡量的人吗？必有抽离，从内心深处重新发芽。

然后在每一天醒悟。

那个因春风丢了密码的行者，必然要分开轨道。
分开季节，分开梦。
分开曾经以为一成不变的万法，解读无常。

原载《上海诗人》2018年第2期

◇ 宋晓杰

我喜欢转动的植物（外二章）

我喜欢转动的植物，喜欢玲珑的回应，喜欢金黄色的锦团有几分天真，有几分妩媚。

入夜，则像贪玩的孩子那样，心满意足地安然入眠，睡态安详。而松垂的花盘里，依然还有梦在水天之间萦回。

明丽的色泽、晴朗的情思，一如豁然洞开的心扉。

坡下，是苦香的藤萝和青草；

坡上，是碧蓝的天空和海水。

在秋虫的低鸣中坐下来，在寥廓的原野升起火堆，看调皮的星星推推搡搡、吵吵闹闹，四溅纷飞。

远去了，一切挫败、委顿、苦楚化作岚烟；

远去了，一切荣辱、成败、爱恨转瞬成灰。

远走他乡——

当我在陌生的语境中，出其不意地相逢那跳跃着的焰火，禁不住无语凝噎，惊出泪水。

哦，我的太阳——生生不息的成长，日日转动的葵花！

没有相见的重逢

是七月，也是八月。

是千百年前，也是若干年后妥帖的契合。

去看你。

像松弛的水，并没有什么确定的河床和流向。

——像水一样自然而干净。

细雨。微尘。六小时的奔赴。熟悉的陌生。

车窗外，不断更改的景象，善解人意，仿佛特别为了匹配我的心境。

远了，又近了，无须浅淡地抒怀——那些相似的衰亡与生长；

近了，又远了，沿途遍植的风景——虽然来路的标志已模糊不清。

去看你。

像风，我也不想计较流速和风向。

——像风一样自由而从容。

一声银灰色的啸音之后，青草、民居、午后的阳光、往昔的问候、凡俗的事物，都不是曾经的样子了，看不见的伤痕散在空中……

我再一次原谅自己：坚持着，但已不再执拗！

我的心里一直抱着什么

是什么，恐怕连我自己也说不清楚。

但是我知道，它沉重、浓稠、黯然，在一个最安全的角落，有光，有热，有鸟语，有花香，从未潮湿或尘封。

我的心里一直抱着什么，昼里，夜里，不肯放下。在阴霾的日子里，尤为不得轻松。

子虚乌有的一切！

而我还要依靠它，在从善如流的逝水之上，眼含秋水，回首来路，心甘情愿地被看不见的事物敦促、整肃、救赎。

最终，将是什么把它轻轻卸下：一个温煦的声音？一个探询的眼神？一个松弛的叹词？还是一滴血、一颗泪、一种气息……总之，是意味深长的什么。

身体里没有沉坠、失落和痛触。

会不会失重？

原载《北海日报》2018年5月

◇ 汤松波

七 夕

温情的日子，从来就是为了让人感动而蓄势萌生的。鹊桥相会的七月初七，乞巧祈福的七月初七，从古到今，不知感动了多少有情人的心，不知赚取了多少有情人的泪。

在我看来，七夕，已经是一幕经久不衰、愈演愈烈的煽情剧目了。

这样的状况，总让我有意无意地想起在唐朝纵情放歌的白居易，想起他笔下的长生殿和静夜里谁也听不清楚的喁喁私语。老白啊，你这个中国情人节的始作俑者，我该用怎样的方式来敬仰或感谢你呢？你虽是现实主义的代表，但如果此时不谈敬仰，也不谈感谢，除非我的诗心早已无情，除非让我丢弃诗心，愧对“诗王”。那将是何等的艰难啊，我做不到的。

如今的七夕，风与花朵的吻无拘无束，它们保持着绝对的新鲜，可以大摇大摆地行走在情人们的视线里。就连那银河上的月亮啊，也赶在这一天住进了诗人的梦里。我在想，那月亮里一定有酒，酒里一定有香气迷人的琴声，而琴声里一定隐藏着一段动人的爱情，不然哪有那么多的人迷醉在这个貌似平凡的节日？

每逢七夕，我都会很自然地置身其中，在节日的昼夜之间找到平衡。每读七夕，我都会很容易地就把夜晚的云朵翻译成晴天的雨。而雨点带着阳光的情意，从云空箭一般冲向大地，就是冲向情人阔大、温暖而坚实的胸膛。这样的义无反顾，这样的倾情表达，这样的深情眷恋，怎不叫人共鸣动容？怎不叫人仰望推崇？怎不叫人铭刻于心？

七夕节，我在回望，也在倾听。那一辆爱情的专列，正轰隆隆地从你的身体里开出。在远方，在你到达的地方，你会发现，你已被加速的心跳深深地爱着。

原载《红豆》2018年第9期

◇ 田格字

纸上相逢的人（外一章）

在这个棉质的早晨，我想写一些句子，每个字都亲肤，都有体温。你读的时候，指尖寂静地划过我的袖口和衣摆。

在通往你的纸上，我大量误用动词和名词，我沿途折叠深渊和河流。问号向上，没有任何具体的疑惑。句号圆满，没有任何缺憾。

槛外是晴天，棉质蓝，夏天的裙裾飘起来——嗨，纸上相逢的人儿，不如我们喝一杯，只是浅酌，不深究味道。只是出神，不贪恋回甘。最后一个标点落纸前，我已返回。

蝴蝶结

下午三点的光线，移动在十一枝白玫瑰上，它们被修剪成球状，插入大肚子绿玻璃瓶。

瓶颈卡住多刺的花茎，瓶颈系着银灰、墨绿丝带，我把它们打成一个蝴蝶结，这动作，多像我父亲。

此刻，父亲的国度有了微小的变化。他书桌上多出十一枝白玫瑰，它们被修剪成球状，插进大肚子绿玻璃瓶内。

丝带垂下，他握着我的手，打一个银绿色的蝴蝶结。

我俩同时闻了闻花的味道，同时向水中探出手，摸了摸枝干上笨拙的切口，摸了摸对方未治愈的伤口。

这一次，蝴蝶结是出口，也是入口。我们已久未拜访对方。

原载《散文诗》2018年第3期

◇ 王猛仁

谷雨叙语

时间停止之处，仿佛你就在原地，品茗、抚琴、吟哦，在一块小青石上触摸青苔，以及茶色的暖。

很久以来，时光刻意留下空白，只有她坐在那儿，从不起身，诠释我，或者在梦的诗笺上独自撒娇。

一杯茶，以铁质的清脆滑过她的耳朵，若一线光亮，掠过她的面庞，涂抹着旧时倩影和无限清凉。

一廊旧梦，一窗余韵，如同一望无际的空旷，驻扎在谷雨的边缘，像一朵在暗香角落里留下的吻痕，遮不住春天潜伏的欲望。

谷雨是安谧的。谷雨的安谧是那么的美。

午夜，暗红的舌尖，盛开着莲花，她躲在夜的皱纹里，流线一样的身体环抱着春梦，悄无声息地下着，像雪。

一张张看似古旧的册页，正喝着昨夜的浓酽，微醺醺地，透出光泽，装饰着幽幽的黎明之前。

在这不声不响的间隙里，像一段暗，生于黑。

犹如一拃光，止乎闪烁的明……

原载《诗赏读》2018年9月2日

◇ 王信国

盐碱滩比盐更咸

空阔，万年的时光，装不下一寸坚硬的碱土，装不下一只鸟苍凉的飞翔。

飞翔，很标准的时光赞词，驮起时空坚硬的部分与脆弱的部分。赞词，是温度与速度的叠加，是一只鸟与一缕风的融合。

盐碱滩比盐更咸，比盐更咸的还有一堆裸露在阳光下的驼骨。

驼骨，几乎背负万年的时光交响。不需要墓碑，盐碱滩，是最好的墓碑。

阳光、西风、植物、一粒沙，都是标准的好墓碑。除此之外，空白之域，白色延续。

盐碱滩比盐更咸，比一只蚂蚁的血液更咸，比一只鹰的骨头更咸。

而我，属于盐分最浓的部分。沉淀了多少时光，漂泊了多少时光，没有记录。

原载《星星·散文诗》2018年第4期

◇ 王　琰

西梅朵合塘（节选）

Ⅰ

杨十一在城里生活，喜欢激进的摇滚乐，编前卫的娱乐版面。可是他成了居士，每天早晨迎着晨风诵经。他说，因为我遇到了我的上师。

上师像只来自天堂的手，将他拉入一个纯净的空间。他的人生不喜不悲不愠不怒。没有海报，没有喧闹。

他诵经的时候我在做什么？我在绕着市民广场跑步。

我跑步是因为我喜欢那个跑在我前面的面容温和、健康清朗的大男孩，他每天早晨这个时候出来跑步。他跑步的样子像一支箭，瞄准着前方，带着风声疾驰。我拼命在后面追赶，我们就这样一前一后，一直跑一直跑，什么也不说。

此刻，我视跑步为宗教。

5

我有没有对你说过我爱你？好像没有。

在有穿堂风的房间里写诗，像蚕那样写诗，直到我们之间，全是词语。我被词语包裹着，我是个诗人，可是我没有你。

仿佛茶和柚子，仿佛菜刀和砧板，我们是多么适合在一起。于是我在想象中一百次言辞激烈地诉说，我有太多太多要说的话，而你离得太远，远得超过了我手臂的长度，超过了我呼唤的极限。于是我又一百次将写满字的纸化为纸浆，在早晨来临前将它们变成一张白纸。冬季苍白着脸。

这个春天下着雪，比冬天冷。刚出芽的树叶，是选择生长，还是会永久的死去？

6

这座城市依偎着一条大河修建。临河而居的人，可以生长出大气魄，比如可用一条河漱口。黄河南面是山，黄河北面也是山。

不知是山越来越大，还是河水越来越宽，于是这座城市越来越窄，越来越窄，越来越像一个小村镇。

城中心原本有座大觉寺，大觉寺常有高僧往来，烟火熏黑的大殿的飞檐翘角。屋脊兽大概也时不时会咳嗽起来。寺里有塔，塔基有精致的青砖雕花。塔身鼓胀着。塔顶风铃声清脆，不时有燕子在铃声里迅疾地穿梭。将铃声剪得细细碎碎。

寺院里悬一口大钟，钟鸣则全城皆闻。这口钟挂上梁用了差不多一个冬天的时间。工匠们每天泼水成冰，一点点垒出一根巨大的冰柱，冰柱的一面是一个缓缓的斜坡。铸好的钟是顺着斜坡缓缓推挂在房梁上。

香火太旺，一场大火，烧了大觉寺。

大火中，一声巨响，钟落回了地面。

10

羊群在白天吃草，晚上就卧在岩石的下面。有的山坡整个被草莓覆盖。还有紫色的羊奶头、红艳的覆盆子，旺旺地生长，然后，悄悄地落进泥土里，没了踪迹。

我不知道我的父亲何时归来。我感冒，独自咳嗽，高烧不退。我梦见夜伸出一只手，抚摸我的额头，当我醒来，就渐渐痊愈了。

小镇里有一片空地，等着你，修建房子，这是我们的家，每天的太阳都是我们活泼的孩子，让人爱不释怀。他哭泣时，用一小块乌云擤擤鼻涕。不哭，他欢笑时，世界充满七色的光。

当我还是孩子的时候我就会爱你，青草的草原，羊群的草原，还有我的草原。我住在一顶白色帐篷里，每晚点上酥油灯，每晚有一颗星星升上天空。

当星星落下，幕天席地，我们成婚。

原载《诗潮》2018 年第 4 期

◇ 王志刚

站在脚手架上喊故乡

十二月，季节的最高处。

我站在脚手架顶、城市的制高点。喊……

面向北风，被风吹倒尾气氤氲的幕墙。

扩张胸腔，声音在被拒绝十个月后，歇斯底里。喊醒身体里严寒封冻的血脉。

把灰尘吸进肺叶，过滤奔袭而来的炊烟里粗粝的盐粒。

强迫阳光下的错误接受治疗。

你一定站在北风涤荡的旷野。我无法靠近，你也不远离。

我喊醒的，烙印在村口石头上，那朵初春开到一半的黄花，再也裹不住凉薄。

喊醒肆意铺排的越冬小麦，它们在你周围布下一张网。盯着我蛇皮袋上“尿素”两个硕大的黑字，瞬间铁青着脸。

我极尽气力，用翻滚的气息压住风头。

喊醒十万亩麦田，冬小麦分蘖的冻土里，沉睡的故乡。

一个接一个打着喷嚏。

我要喊醒它们的梦呓，再点燃蛇皮袋上褪色的黑字，激活倒春寒里埋下的火种。

替我背负，梦游的夜里为我提灯的明月。

喊着喊着，那些异乡容易过敏的词语开始滴血，旧伤未愈的骨头上再一次出现裂痕。

那滴血正滴落在开裂的骨头上，把骨头砸碎，还给大地。

再也无力叫喊，在一场有预谋的野火里，引火烧身。

站在脚手架上，喊故乡！

我相信，故乡听见了，母亲听见了，妻子听见了，女儿听见了。

因为我袒露的胸膛，不再需要光芒切入。

有人搬走了所有心软的词语。

原载《散文诗》*2018* 年第 6 期

◇ 王忠智

滩头扭秧歌

在这里遇见你，纯属偶然。

久违的笑容，让我一展愁眉。

昂首岸边村舍，侧耳喧嚣犬吠。看着秧歌舞长大的大红枣树，窑洞睁大眼睛，千年不变的姿势。陶醉了，痴迷着。

风，一阵雄壮的风，在黄土高坡回旋。

风，一阵最炫的风，炫得太阳开怀大笑，炫得长空碧蓝如洗。炫了五千年，还不服老。

大写意的脸庞，刻尽沟沟壑壑，流泻都是诗意的春潮。

黄，古铜色的黄，信天游的黄。因循守旧的岁月，浸染无奈，刀刮不掉，雷打不动。

写尽沧桑，无法填满年轮的阴影。酸甜苦辣酿成的酒，这辈子不知饮了多少杯？

白头巾与白头发缠绵着，终年不语，青春远嫁他乡。盐花花的白，黑黝黝的黑，心甘情愿地保持一生清贫。

一嘴黄牙，错落有致，与小米一样的原色调。啃过窝窝头的时光，依然坚定，矢志不渝。

飞扬的大红绸带，给寂静的滩头带来动感。双手翻飞翩翩红云，黄河水与你一同起舞。

笑得如此灿烂，莫非昨夜做了好梦？放一山羔羊，收一垄玉米，让你心满意足，还有儿孙绕膝，逗你开怀。

似醉非醉，如痴如癫，看步伐依然敏捷矫健。点燃心头喜悦，让黄河水捎去西北汉子的问候。

河床，静观天下。亿万年的沉思，千古智者。承载多少悲欢离合，历经几多惊涛骇浪，你，最懂西北汉子的心。

滩头就是舞台，八方来客都是观众。踏着黄河浪的节拍，我的目光与你共舞。

黄河水，红绸带，心中魂。

原载《星星·散文诗》2018 年第 10 期

◇ 微雨含烟

繁　花（节选）

1

喜欢繁花这两个字，然后才是细碎的花朵，密密匝匝的，像繁星。大概因为冬天太长了，渴望被一群花朵包围。

格桑花、满天星、雏菊以及一年蓬，是我喜欢的。举着纯净的色彩，密集地开花，簇拥着在一起，成片成片随着风拂动。不能单独拿出其中的一朵，而是一簇，一片，一整个山坡。成群地在一起，是不是具有一种安全感？风来时，彼此照应着，相牵着倒向风，再弹回来，倒下去，如此这般，整面山坡都律动起来。

6

雨落下来的时候我并不知道，等雨变成了雪，软绵绵地飘落，才仔细算算，已经是春天了，竟还这样飘雪，难道是在挽留什么而迟迟不肯谢幕?

两个孩子在雪地上用小铲子将雪撮到小桶里，再用一个大夹子把雪夹成雪团放在桶盖上。完全不是我们小时候直接用手将雪一点点攒成雪团，冻得手指僵硬。他们两个把十多个雪团排满桶盖时，脚下那一片地方的雪已经消失，露出深褐色的地皮。

雪也是花的一种。晶莹、冷，遇热即化，它们是消失得最快的花。

我把两个孩子的照片发给朋友们看。有人以为是我的孩子，说他们这样玩可以释放天性。好吧，如果我再有一个孩子，我会让他也这样玩。

雪下得更大了。街上行人寥寥。对着天空，拍下雪落下的样子。有一张照片里的雪，是在十字路口的信号灯下拍的。灯光映亮了雪的纷繁，雪为灯光织就了缤纷。这是个时常让我生出陌生感的路口，几次出现在我的文字中。我喜欢这突然而来的陌生，仿佛站在外地的街头，仿佛这座城迅速将我推了出去。

7

无休无尽的大风，是北方春天的标配。睡梦里、白昼中，风都在呜呜响着，一点儿不讲温柔，一点儿不讲浪漫，这是北方春风的霸道。就是在这样的肆虐中，小草长了芽儿，婆婆纳开出蓝色的小花朵，让你不得不欣喜终于看到了春天的色彩，终于可以和许多灰暗的东西告别。

一本植物书里说草木是最言而有信的。一年来一回，不变的生命轮回使它们信守着对大地的承诺。这一季的错过，会在来年得到回应。而我们若是错过了，也许一生都不会再有交集。

所有繁华都是蕴积了许久才得以呈现的。正如我们不远万里，在列车上相遇，绝非偶然。六月的凌霄花开了，七月里白荷举着那盏灯在等雨，直到九月，月桂花开在生日的祝福中，我才知道，有一片格桑花开在奔向你的路上。

那么密集的格桑花迎着风，像我迎向你的心。

原载《星星·散文诗》2018年第8期

◇ 吴雪峰

车窗之外

解开昨夜拴在冬天里的木马，我写在马背上的汉字都发了芽。在春天，所有爱与哀愁的事物都在拔节，就像车窗外我一路带着的故乡，沿着车行的方向生长，那是母亲翘盼的目光铺成的步道，任一列火车的水，在风的缝隙里流淌。

车窗外，飞鸟的唱辞是汽笛留在路上的余嚣。衔着春天筑巢的鸟儿，我隐约看见那些草木的根都做了火车的轮，以水势的流淌滚进神经的末梢。

铁的末端是温暖的。像脚下的春天，温润的泥土，江湖的歌谣像河流解冻时泛起的浪，孤舟一叶，泊在天涯，浪是无法回避的周遭，没在春天的浪里，不是自我的放逐，而像掩藏在岁月深处的那一块痂，稍一侧身，就有疼痛在挣扎。

车窗外，多少陌路与我同向而往。

这多像春天的羊群，在太阳落幕的空山里，用节奏不齐的舞蹈丈量牧归的道。

原载《散文诗》2018年第2期

◇ 吴乙一

未尽的言辞皆是秘密

用石榴杆上的猎猎风声，说出客家人的荣与辱，战争、迁徙、争斗，围龙屋里定居。用茅草根上让人眩晕的甜，说出村庄短暂的历史，一个姓氏，几千个子民。用三月田园的喧闹，说出他们的寂寞与悲喜，开门见山，面朝黄土，散落在各自的命中，劳动、喘息、打盹、失眠，求医问药。用五句板悠长的颤音唤醒浪子回头，弯路上每一次眺望，总能看见松树下挥手的人。

都曾想过离开，又都想归到这里，倾听村口老井摇摇晃晃、似深似浅的吟唱。

用割断石蒜那一瞬迸裂的异香，一茬接一茬的生与死，说出他们享受的每一寸幸福，经历的每一丈艰苦。

大路齐天。所谓幸福：是送葬的队伍发现太阳从天空中走出，天气变晴；是老母鸡悄悄领回一群毛茸茸的鸡崽；是锄完一垄地，坐在树荫下抽一泡旱烟；是回家路上，遇见喜欢的人；是放下柴担，伏在泉边饮水，山歌突然响起……

晴耕雨读。所谓艰苦：是整个黑夜的黑拦住了去路；是吵架的人不知该如何停下来，向对方磕头认错；是来不及采摘的青菜都开花了，变老了；是听到孩子嘤嘤哭泣，而你手足无措；是迎亲的人们敲锣打鼓，漂亮的衣裳还没有做好；是天快亮了，他又要起身离去……

还有许多，我来不及说出。

原载《羊城晚报》2018 年 3 月 14 日

◇ 伍荣祥

俗事纷飞（三章）

这是夜

风在窗棂唠叨，我的残梦被惊醒。

这是夜，群鸟和墙脚的虫子都学会了谎言。

梦呓在撕扯夜色，罪恶在窗外替代了异样的眼神。

你看：在遥远的黑洞洞的深处，是谁将那一团雨滴隐匿，包括昨天的潮汐和未来的暗？今夜，柳河在倾诉。

像犬吠，子夜显得憔悴。黑照常黑。

谁评判对错？窗棂在晃动，一种惊恐前所未有。

阴影里

外界都不重要，但可以选择躲避。

一尾草，成为秘密。并以灰色做帷幔，就这样静悄地躲在谁也不知的阴影里。

就这样疏离别处，真相被一道道墙遮蔽。

谷物归仓，你中有我，我中有你，大家都是其中的一粒。

眼前的草场再不是昨日的草场，可头顶有鸟依然在飞翔和逗留。

一尾草在阴影里，并且很局促。

虚弱的翅

翅膀展开，羽毛在天空里闪亮。

然而，不知道乌云随后要对付的，是那片骄傲的草丛，还是这固执又虚弱的翅。是呵，羽若微言。

总是敲不开门，该用什么撼动你？

说到这里，多想以月色代替声音，用一缕蓝潜入你的梦中。

就一阵，月光选择后退，蓄谋无疾而终。

原载《星星·散文诗》2018年第8期

◇ 箫　风

在楠溪，我想做一尾自在的鱼

一条江以诗歌的名义，穿越一千六百年风雨，洗涤着我们一路风尘，洗涤我们蒙尘的心。

筏在江上行，人在画中游。乘着竹筏漂流的诗人们，像一群随心游荡的闲云，栖落在波光潋滟的江面上，与河水一起缓缓流淌，缓缓地流向诗与远方。

而此刻，我只想做一尾鱼，融入楠溪江碧澈透亮的清波里。在这个空灵静美的世界，唯有选择这样的方式，与江水来一次亲密地相拥，才能真正贴近楠溪江的心跳，才能真正体味母亲怀抱的温暖。

此刻，想做一尾小小的溪鱼，自由自在地游来游去。让灵魂在楠溪江里来一次裸泳，听浪花与浪花快乐地交头私语，看阳光与时光在江面上自由流淌。

或者，什么都不想，什么也不做，让思想像天空一样澄澈，让心灵像江水一样透明。

我愿在这一刻慢慢地老去，像一尾自由自在的鱼，沉醉在楠溪江纯净辽阔的清波里，抛弃世间的恩怨情仇，忘却人生的喜怒哀乐。

从此，与永嘉山水为伴，随缘而定，随遇而安。

原载《湛江科技报·南国散文诗》2018年10月19日

◇薛　菲

大风过后（组章）

喀拉峻

喀拉峻，感恩在纠正白天的祈祷词。

喀拉峻，反讽在证明夜晚的涂改液。

喀拉峻，有困顿从我眼里流出，就是伸张的黎明；喀拉峻，有挣扎从我梦中醒来，就是冒险的春天。

喀拉峻，有寂静从我身体路过，就是安抚的白雪。

喀拉峻，以一座草原的名义要求盛夏。我准备好冬天的骨头和春天的手；

我准备好捕风的笑。

我喜欢，2014年初夏，阿苏唱歌，那夜诗中的喀拉峻。

我喜欢，2015年的野百合，我要求过，转场，从那拉提到喀拉峻，乌孙国的夏牧场。

我无法使西域草原成为情绪的出口，我不懂。我只知道我叫薛菲，来自草原之外的高原。

在伊犁，我时常废弃自己，是因为知道回收我的器皿叫喀拉峻，我身上有一座草原的秘密。

苹果之城

许多花，和城市化进程中大量垃圾一起死掉。

苹果抚养的城市，受着饱满的光照和自由的蛊惑。

在伊宁，每个人都有想当然的甜，和迫不得已地腐烂。手捧纱窗广告的姐姐，每年苹果萌发的时候，在伊犁河路兜售。

虽然，每家茶几上有水果刀，总有不可避免的大多数。

糖分太足的城市，已越来越精致。

被抛弃的苹果，滚过黑夜，一滴热泪滚过委屈的眼眶。

博拉服

大风刮了一夜。

第二天，就有祥云俯坠。

贞观十四年，文成公主在拉萨，罗布林卡，度夏。

公元 1706 年，之前，仓央嘉措住布达拉宫，玛吉阿米宝相庄严，等，在雪地。

他们都以这种风姿，写过历史。

在淘宝网购得历史同款一件，两个王朝的女人穿过的，今天已属平常。

大唐和吐蕃、六世的诗篇会不会认识，和我没关系。除非穿起来，给你看。

原载《星星·散文诗》2018 年第 9 期

◇ 雪　迪

湖　滨

那个湖畔里落满歌声。

我坐在明亮的玻璃里，在水的花纹中慢慢品尝寂寞。一只手漫不经心地拍打我。

岸在绿色树木中穿行，心情在正午阳光照射下无边无际。

天空在手上会成为一个曲调。

人流来去不定。风慢慢演奏我眼睛里的心事。

湖水湛蓝，荷叶在远方时隐时现。出没在时间上的我的爱人。

我的爱人。你慢慢啜饮我。

草帽像一只船，在水底的石头上留下阴影。歌声拍打着翅膀，成群地飞起，落进岸。

时间平静地流进我的身体。

浸泡一个午后的回忆。午后，遥远的湖滨，在明亮的水面瞭望我的年龄。

那些船，那些漫无目标地漂流的船。手臂在水底击打我。

我观看四散开的阵痛。

湖畔，我的清晰地消逝在玻璃上的爱人。

荁帽沉落进水草之中。

原载《散文诗》2018年第6期

◇ 亚　明

阿尔泰山

阳光正穿透落了叶片的枝条，斑驳在矮于草木的残垣上。这是一片离人间很近的废墟，站于其中，我能看见不远处呼啸而过的汽车。

还有什么能避开时光之锤？青瓦化为碎片，刻满图腾的石板被丛林收藏。再也没有人间的踪迹，这个曾经的人类家园，已沦为了鸟兽蛇虫的家园。

离开此地的人们此刻身处何方？他们是否化身为梦游症患者，沿着月光指引的路径一次次返回这片幽深的故地？

是的，这儿已沦为废墟，再也没有人把它当作自己的家园了。这是我们人类的宿命：为了生活，必须一次又一次放弃我们曾经的家园。

而如今，站于这片废墟之上，荒芜与寂寥紧紧拥抱着我，但我没有丝毫的悲伤。我看见，人类离开之后，这片土地拥有了最珍惜的生命。

原载《星星·散文诗》2018年第5期

◇ 亚　楠

徜徉大自然

阿尔泰山

其实你并不伟岸。然而，你却拥有辽阔的安详。我看见你那深厚的静谧，总是以虔敬的方式，把万物擦亮。仿佛一潭秋水，不动神色，却总是在清幽的角落，唤醒我丢失的记忆。就这样把孤独留给自己吧，让鲜花在阳光中开放。

当暴雪袭来，你坦然地挥一挥手，以清澈的心普照生灵，使那些迷茫的人得救。或者，你敞开胸怀，刹那间，把所有的情仇恩怨化为乌有。博大来自一颗悲悯之心，来自向善的力量……而你，总是在岁月深处用慈爱温暖我们。

此时，我从你清澈的目光里看到高贵，看到了美和善良。那是一种怎样的境界啊，你用大爱照彻灵魂，即使一朵花，一蓬秋草，也会在你宽厚的目光里自由飞翔……

美仁草原

继续朝前走，是美仁草原。我望向高处，空阔，寂静，渐渐隆起，就像巨大的海龟。一墩墩草生长，孤零零，又连成一片，似乎，宁静完全是一种犒赏。我想起了莽原，或者湿地，被洁白的雪涵养——这丰腴的美，旷达，洞明，若智者。

在草原上驻足，是等待什么吗？我看见了一只飞鸟，落进目光里。但眼前，别的鸟又在哪儿？

其实都已经不重要了。关键是，草要丰美，仁慈，不侵古道，也不荒芜。只为绵延无尽的美呀，在风中，我把静默当作雷声。

一条大河

就这么千万年流淌。在寂静的旷野，一路向西，踏着夕阳和牧歌，用生命完成一次伟大的壮举。而河流两岸，稻麦轻轻摇曳，仿佛灵魂的舞蹈，美已经深及骨髓。

成排的白杨树伫立，它们目光清澈，神态庄严。就像神圣的哨兵，在边地为祖国捍卫疆土。啊，多少花开花落的夜晚，我们守望宁静，用美酒释放奔驰的情感……

田野依旧充盈着梦幻。冬不拉激荡辽阔的情思，热瓦甫传递淡淡的忧伤。哦，生活的欢歌洒满田野，劳动让我们快乐而安详！

此刻，我目送一条长河滚滚西去。大地无言，时光淘尽了万古恩怨……是啊，在它奔涌的涛声里，其实我们都是小小浪花。

原载《人民日报》2018 年 10 月 8 日

◇亚　男

铁　匠

那么坚硬的时间，也忍受不了衰老。

我相信千锤百炼，锻打出来的思想和灵魂，不可磨灭。飞溅的一生火花，是不可浇灭的。

他深知铁的属性，那些不可断裂的本质，意在淬炼。

雪是可以淬炼的。

在冷的世界，一片片雪花，造型完美。

他打造出来的物件都是意志。敞亮的铁匠铺，防不胜防的风雨，一点点侵蚀，在铁的本质里结构紧密。

他和铁是不可分割的。

他就是一块铁。塑造的人生，不缺少温度。

原载《中国诗人》2018年第3期

◇ 杨　东

望　雪

露出峥嵘的，恰是你最渴望的那部分。

无声无息，只现形色。且不问它何以苍茫。

六月有雪。其实是山峰背阴处尚未融化的一小部分，像是某种被珍念的种子，习惯被云遮蔽，被阳光忽略，在暗处留守纯粹。

只在有时候，突然在阳光的照耀下，在一片青葱的山脉亮出它孤单的曲线。

我不后悔等候一个清晨，一如不后悔对万物的辨识，知之愈广，识之愈微。而此刻的眼眸深处，仅有一封等待开启的锦书，上面只书写了我如何抵达中年的庙宇，暮年的荒丘。

我且陪着沉默的山丘，向那仅存的雪线，肃然自省，躬身行礼，一任雪的文身古老，一任雪的骨头苍茫。

是的，我只相信：

残雪有什么样的颜色，我就有什么样的光芒。积雪有什么样的声音，我就有什么样的轰鸣。

原载《星星 · 散文诗》*2018* 年第 *7* 期

◇ 杨建虎

大麦地岩画：文明的礼物（外一章）

又一次将目光越过黄河。遥远的腾格里沙漠边缘，连绵的群山之中，漫漫沙海赐予人类的礼物——大麦地岩画便深藏于此。

让我们一遍遍于时间深处挖掘，在精细的雕刻与抚摸之下，我们一次一次守望苍凉的风景，破解远古的密码。

仔细端详这些鹿、獐、岩羊，寻找虎、豹、狼、狐的身影。而从飞翔的鸟群中，依稀可见从湖泊、沼泽到草场、戈壁的演化。

而处于大麦地北坡的岩画上，一幅神秘的《东方威尼斯》岩画，其人物丰腴的体态，硕大饱满的乳房，将我们拉回到旧石器时代石雕女神面前，顶礼膜拜。

大麦地，多么奇特的发现，引领我们穿越青铜时代，一次次，靠近文明的河岸。

黄河落日

还记得那一个春日，在青铜峡的黄河楼上，我被四周迫近的黄昏的光影包围，多么闪亮的时光长河边，我独自眺望那红红的夕阳，即将落进一条河的梦想与荣光中。

水流大峡，带着故事和传说，在这里环绕，水光山色相映，宛如天然青铜镜。而曾经的疼痛与苍凉已如一个巨大的梦，于血肉交融的漫漫路途中渐渐远去……

黄河落日，宛若凝聚的血脉，冲荡五千年的文明和乡愁。

原载《星星·散文诗》2018年第7期

◇姚 辉

鸟

1

一只鸟飞了很久。它想提醒我什么？

大地自远方涌来，把鸟影掀向风雨之间，一只鸟，想以它倦怠的爱，警示我们什么？

一只鸟属于往事还是未来？你掂算的光阴没有分量——一只鸟，把暮色擎在尾翎上，像擎一网弦声，或者雨与夙愿。

我们在鸟的飞翔里接近失败与怀想。土粒上，大把山川蜷缩如梦，一只鸟，从土的桎梏中，找到曾经刮伤毛羽的惊惧。

一只鸟已飞了多久？暮色比大地辽远。谁将跋涉的目的画成一丛反复枯萎的花草？一只鸟，飞动，只有它，能比暮色，更为湿润，辽阔——

4

我想告诉那个苍老的敲钟人，他曾敲碎过，多少迟疑的鸟影。

我想指给他看鸟巢中吱呀的各种天色——鸟翻越的沧桑低于回望。而鸟飞过，它们放弃着怎样恒久的渴盼？鸟巢中的天色，倏然，燃成一束打结的微火。

我想让更多的人在钟声里静立。这样的钟声，刀刃般灿烂——你如何抵达鸟翅与歌吟？那些鸟们，又一次，忆起自己陈旧的愧疚。

我想成为钟声最为锋利的那一部分。从敲钟人指缝漏出的钟声，卷过鸟翼，卷过鸟的三月与痛，我，想成为钟声消失得最快的那一部分。

——鸟沉默。

鸟影，掠过铜钟剥蚀多年的叮咛……

5

鸟的沉静近乎忧伤——在你的忧伤成形之前，鸟的飞翔，近似于忧伤留下的第一千种暗影。

鸟的追随近乎遗忘——

谁因用爱抵消了鸟曲折的凄怆而学会羞愧？鸟的执着近乎苦痛。鸟，停在云与风声中，像一些参差的钉子，像被钉子钉牢的最初安慰。

鸟的惊喜近乎长髯的烛焰。星空在神祇上，垂落。这是烛焰经历的时辰，鸟将生涯安顿在弦歌声中，鸟，触及了岁月苍老的所有方式——

鸟的远方，近乎血滴……

9

鸟飞过，像苦与乐的某种仪式。

鸟与谁廉价的悲伤无关？一代代人走失在鸟的瞩望中，鸟的疼痛，与谁燃烧不息的愧疚及爱憎无关？

谁能够为一只鸟艰难地活着——活成一种徽记、一次守候？谁，能将鸟的身影刻在石碑上，像刻一部捆束或抬升灵肉的简史。

鸟飞过。

鸟的宿命高于多少时代？鸟的季候缓缓降临。你看旧过怎样繁杂的期许？鸟飞过，天穹遍布古旧的皱纹，有人，在鸟的光阴里，活成记忆——

鸟飞过。你，捏碎，那片试图放弃飞翔的红色鸟影。

10

乌鸦成为祖母前，稚拙的喜鹊在歧路上陷入最深的泥泞——喜鹊想唱一支古老的歌，但它为什么会突然忘记歌唱的勇气？

喜鹊掀开黑白的衣衫，掀开整部贯穿苍茫的昼夜。它还能掀开什么？人影起伏如雨：泥泞有泥泞的自豪，有泥泞既定的期待——泥泞上，印满乌鸦尖锐的梦呓。那只喜鹊，是不是只能艰难地成为艰难的祖父？

歧路属于怎样的未来？鹊与鸦的身影不断交织——泥泞侧面的星空，留着火焰的声息……

有一种飞翔漫长如遐想，从生殖到繁庶，从酸楚到笑——有一种飞翔，追赶着族谱上卷角的记忆。

乌鸦哑然，祖父走在祖母之前，走在最新的赞美之前——看，喜鹊燃烧的影子，正跃上，多少人不懈守护的祝福。

原载《上海诗人》2018年第4期

◇ 姚 园

读画（二章）

——题著名旅美艺术家李洪涛先生同名油画

蝶 舞

一生只为翩跹的你，需要怎样一颗丹心的义无反顾，怎样一片不在乎他人目光的水色年华，怎样在逆风的潮汐里用绝世的惊艳点燃一朵朵蓝色的火焰？

仅供——

路过的人取暖。

可你随时可能被幽深的红尘席卷掠去。

而你留下的瑰丽，一定不仅是——

为某一个心跳预留的席位吧？

静静地思念

假如这是一片注定穿过我们的山水，我会一直在岸边，静静地抱守寂寞给我的一池碧波。

以山的坚韧，以水的柔和。

不把思念挂在唇齿，它本就在那里，在你走出我视线的瞬间，已芳香四溢。

那是一句不受时空藩篱的心语，被一双急切的眼睛不动声色地噙住。

一切在不言中澎湃。

不言中的一切，在梦的底色之上延伸，在信任的河流里放任。

在等待与被等待中，春暖花开。

原载《伊犁晚报》2018 年 6 月 27 日

◇语　伞

窗口（外一章）

窗口以警句自居。

不怕目光在窗外跌倒的人正在遥望天空。

星星们不知道归隐去了哪里，月亮成为唯一的天使。

请给她擅长陈述的翅膀，带上夜晚黑色的安全信仰。

请在她银白色的额头，停满婆娑的光影和失眠的鸽群。

请卷走我，在窗口误入思考的大脑，如拯救一只重新溢出甘泉的枯井。

夜如空山，各有遁世的戏法。

捏造白日梦的危险，生长绝世的悬崖。臆想一次高过九霄的云雾，驶向可以随意颠倒昼夜的乌有之乡。与一阵冥想并肩行走，抵达清醒的终点。在现实的面孔上站立，将一天的二十四小时混合，依次储存镜子、音乐 、味道、命运……

巴西的咖啡豆在水中录制完美主义的欢腾。

一个城市逆时而上，窗口导演了一场没有结局的独幕剧，我站在它的中间，被动地出演主角，并不知情，也并不拒绝。

钟　楼

一个城市不可随意订正的秘密——

久远的历史，都写在钟楼上。

我是那个在钟楼下提笔漫游的人。一条街道，是我的星期天。一只被切成对半的苹果，我用于对抗时间和饥饿。

一个荒谬的细节：

当苹果成为武器，我正在控制古代的一场战争。每咬一小口果肉，就是一次败退。一个苹果吃完之后，我的城池被毁，输得遍体鳞伤。但同时，我又得到了一些加冕，不是无缘无故，那些加冕，是岁月，或者年龄赐予我的。

仰望钟楼，天空的帽子显得太大了。

离钟楼越近，我就越恐惧。时针里潜藏着烽火、狼烟和废墟。小日子的战术不能记录，除非受伤，除非死。

我试图逃离，沿着城市下移。

向下走几个台阶，饮下一杯可乐，感到气泡破裂时，脚步就越发饱满而简单。

再向下，钻进地铁，轰隆隆的轨道声，像钟楼里传出来的最肥胖的那一秒，我捧出笔下这些瘦弱的一分钟、一小时——

它们并肩而行的样子，像残酷的历史已被重新改写。

原载《西部》2018年第5期

◇ 雨 霖

遥远的心曲如柔波

风雨和时光无力剥蚀至爱深情。

当蝴蝶风款款而来，音乐从河中升起，遥远的心曲，如一湾柔波流淌在清香四溢的乡间。

无形的相思，漫过瘦窄的山路，于晚祷的钟声里，陡然跌落在飘袅的黄昏。倚在夕阳的门槛上，我站成一株兰草的芳馨。季节无边无际，悬在树枝上的月亮，轻柔地扯出一片记忆，仿佛听见缕缕不断的笑语和着一串质朴的音符，逾越了山与水的距离。

摇曳如柳的丰姿带着一种热情倒映在水里，风四处徜徉，无法奉还的思念，想把星星全部摇落，却未曾考虑命运。

欲开的花苞在时间中迎风不语，你的问候被冷淡，莫名的暴躁付诸逝水。

所有的美好都种植在故事里，我并不是刻意错过你对我的爱，所有的山花都会烂漫，往事虽在泪海里淹没，你我彼此各守一方，但南国的红豆无处不在。

原载《散文诗世界》2018 年第 1 期

◇ 张九龄

鹰 祭

我从未见过鹰的死亡。

它会不会有着落日的悲壮？会不会有着易水别离时萧萧风寒留下的无限凄怆？

有人告诉我，临近死亡的鹰，它会飞向更高的绝壁，在一个无人能至的洞穴里，悄然与尘世告别。

这高贵而又骄傲的灵魂！这九天之神鸟，就算是死去，它也只会把自己的肉身奉献给孤独者的王陵，只有长天可见，只有太阳可见。

光芒何其耀眼，世人只能仰望。

但它一直在飞翔。梦中的大鸟，它的翅膀展开，铺天盖地，如王者般在我的世界里翱翔。锐利的眼神直视内心的黑暗和哀伤，力量在骨头里再次充盈，让自己有剔除一身尘埃的勇气。

一朵莲花重新浮出水面。

宗教般的虔诚，宗教般的热恋。

点亮一盏心灯，让它引导鹰的魂灵在我的头顶上盘旋，然后离去，回到太阳的宫殿里，再等来世，重做我的王。

原载《星星·散文诗》*2018* 年第 *8* 期

◇ 张　琳

山水辞（节选）

Ⅰ

我在篱笆内种花。

光线依然是去年的光线，而蝴蝶，已不是去年的那一只。我不知道，一粒种子会开出多少朵花，我不知道一朵花的一生，会不会结出果实。

山在篱笆外，已经活了亿万年。

水在篱笆外，已经流淌了亿万年。

是它们，教会了我生活与命运的奥义。我将山峰理解成了仁、义、信；我将流水理解成了智、善、爱。

所有的事物，都愿意结出善果。

种下道的人，种下释的人，种下儒的人，还有那些，种下一切光芒的人们。

一个人在山顶，在水边，会有得其意忘其形的一瞬。

一瞬，小于一，还是大于一？

有鸟飞来，头已斑白。

我不知道它从哪里来，要到哪里去。它只是飞着，将天空当成了翅膀上的尘埃。

但我愿意，跟着它，将一飞成二，将二飞成三……

6

霜叶举起了红旗。

岁月有险峻的峰顶，也有幽深的峡谷。

一生，应该这样度过：爱一个人，爱一座山，爱一条大江长河。

在山中，我是一块沉默的石头；在水中，我是一朵会唱歌的浪花。

而在一个人那里，我是他相依为命的心跳。

我在哪里？一个我就是无数个我，分身而去，又络绎归来。

总是有舍身崖，总是有忘情水。

唯有时间之酒，无法穷尽。唯有一个人才可以将自己饮到最后。

山不是山的时候，就酿成了酒。

水不是水的时候，就酿成了酒。

我在山水之间，举杯，邀万物。

7

日出山顶。

日出海面。

日出人群。

每一缕光线都是生命之根。

风中的寺庙，仿佛一个旧信封，那些精致的铜风铃，不是发出袅袅的清音，而是寄出了一封封千金难买的家书。

白天读，夜晚读，千里之外读，万里之遥读。

我看见的，远远大于我想看见的。

镜中有花，水中有月，一个人的心中有山，有水，已然是世上的谪仙人了。

这么多年，我登上一座山又一座山，看见了一条河又一条河。

我会将自己的一生，散落在山水之间。

归去来兮，我懂。一个人穷其一生，只想找到一条路：归途。

原载《星星·散文诗》2018年第7期

◇ 张敏华

夜晚（三章）

平 淡

多么平淡的一天。

雾散了，我在草地上寻找苜蓿，我给花朵一个许诺，拍拍树的肩膀，说一声“你好”！

曾经遭受的不幸，我已经忘记，没有太多的欲望，也不值得我去妒忌：一碗黄酒就让我快乐。

小河流淌在乡村的怀里，孩子们吹着口哨从山丘上下来，向日葵站着不动。

风摩挲着树皮，回到曾经熟悉的粗糙，叶子屏住了呼吸。

冬天在等待时机。下雨了，转眼间变成绿色，关心春天的人，将得到爱情。

栅栏那边，一只鸟飞过，在它的身后留下大片大片的虚空。

多么平淡的一天。

是否

乡村生活是否对我过于遥远？高速公路上，两旁的铁丝网让我恐惧。我无法让车子停下来，刺耳的超车声在路上起伏。

从一个城市到另一个城市，霓虹灯在分泌诱惑。我的羞愧是否太久？我内心的骚动是否得到宽恕？

在流感即将爆发的夜晚，我用红酒灌醉这座城市，让它记不清以后发生了什么，而我不愿说出的疼痛是否就是麻木？

这一切是否都是真的？车祸一件接一件地发生，霓虹灯被疯子打碎，空酒瓶在不停地咳嗽——

如果多年之后，我从城市回到乡村，我是否还会有太多的留恋？

——那些擦肩而过的香水味，那些比草莓更暧昧的红唇。

白杨

在河边，我的目光随一棵棵白杨远去，夕阳生动着鸟巢。星光下，我注定像白杨一样活着，注定像白杨一样被人遗忘。

有谁还会注意黑夜里的白杨？在郊外，一棵棵白杨改变着四季的颜色。

这里仍然荒凉，夜晚沉默着河水。当黎明举起一棵棵白杨，我听到大地战栗的心跳，这低语的风，这自身的欢乐——

在寒冷的虚空中触摸白杨，像我带着爱触摸自己的身躯。在白杨最初的话语里，在白杨慈爱的目光中我长出嫩芽。

原载《星星·散文诗》2018年第10期

◇ 张庆岭

高处（节选）

Ⅰ

说说高处吧。

以五千年文明。以九百六十多万平方公里的蓝天、大地，以万万亿亿——花朵的大脑、水滴的透明、沙粒的智慧、草木的名义。

高处，降祥。

可，气淑年和，迩安遐肃，以致众生咸随。

说说高处吧。

由下意识引领，好好使用想象，努力打造灵妙，让灵魂找到灵魂，让神性成为微风浩荡。

以接近至静，至无，至美。

2

打开。打开。

一次一次，一点儿一点儿——展尽。让心，一览无余。

哦！高处，似蔚如蓝。

宛如纯正的，一无所有。

3

这里，大树郁葱，但，不参天；这里，高山巍峨，但，无凌人盛气；这里，碧波荡漾，但，不深奥难及。有，即没有，没有，即是一切。

世界——

装满鸟鸣，装满空无，装满清平与温暖，装满一望无际的遥远……

干净如初，天下大成。

7

是的，一粒沙，再也不想长大。

一粒沙，怀上了大地的辽阔、天空的蔚蓝，它的内心，已经生长出了永恒的遐思。一粒沙的目标，是继续小，小成自己的千万分之一，小成一粒灰尘。

——就像亿万年悬浮于宇宙间的，太阳。

太阳，当然也只有空无。

为一粒沙的一生，高声赞叹！

10

这里。没有假丑恶，当然也没有真善美，谬误与真理，同样怀着悲悯。

男人，是女人的一半；女人，是男人的全部。当这个世界，归顺了空无，所有的形体，会全部消逝。

于是——

世界，陷入了大美绝世。

11

风累了，雨累了，蓝天累了，大地累了，高山累了，大海累了……当一切都累了，它们全都会从枝头上飘落下来，没有了重量，最终成了飘逸，像一朵朵入口即化的白云，又像从心中掰下来的，一小块幸福。

没有谁不在这里死亡；
正如，没有谁不在这里重生。

14

多想提前点燃，我身上的磷火啊！

先烧掉——积攒了一生的邪念与罪恶，再烧掉所有的肌肉、骨头，当然包括那颗麻木已久的灵魂，像一只涅槃重生的萤火虫，穿透黑夜，努力地——

下降，下降……

最终，接近或到达高处。

原载《上海诗人》2018年第5期

◇ 张少恩

海南之恋（组章）

雄性的海南

抬眼就是椰子、菠萝、柚子……雄性的天空，荷尔蒙在空气中弥漫，所有的植物都陷入狂野而痴迷的热恋。

纷披的棕毛、明亮的龙眼如野马腾空啸吼、雄狮奔逐浩宇；霸王棕用它那双大手扼住风暴的脖颈；三角梅柔媚盛开，激发多巴胺释放。

神奇的土地，一切都着迷于繁衍与传承，即使在最寂寞的角落也有神秘窸窣的声响。无忌的蓝让你哑口无言，受宠若惊。云影飘逸、变幻，每个优美的灵魂都可以坐拥。

沧海浩渺，蓝色的咏叹调拍打着壁立的崖岸，风把蓬勃的浪涛卸在月光融融的沙滩。幽邃的长空，闪耀着祖国熠熠的明眸，鸥鸟翩翩的翅膀每天都清点属于炎黄的岛礁。

天无涯，海无边，思接千载，视通万里。椰风茂雨，哺育着人民葱茏的热爱。

夜里，我挑灯看剑，把祖国的版图又细致地抚摸了一遍。

我与海岛的果核有肌肤之亲

火红的木棉、绚丽的紫荆、沸腾的三角梅……姹紫嫣红的花，煮沸浩瀚的大海——遍地涛声，满天椰风。

街街巷巷，甜美的椰子、香蕉、芒果、槟榔、菠萝……蜜罐般随处堆放，挑逗你的舌齿，味蕾则像个撒野的孩子一窝蜂涌出，情不自禁，涎水流淌。

每一种水果都令人喜爱，甜蜜，充满滋养的力量。我深情地端详着，一遍一遍地摩挲着，手上留下它们的血脉和体温……

这个早上，我什么都献出去了，只把嘴巴上迷失的椰风留给了战栗的海岸……

大海献予我斑斓的耳朵

一只鸟飞起，精致的啼叫远去。大海就在眼前，波浪的牛羊啃着繁茂的蔚蓝，引我发呆痴想，胸臆奔腾……

一辆摩托车从沙滩那边驰来，停在我身边，面色黝黑的老婆婆向我推销起五颜六色的螺壳。见我不为所动，下车从后备厢里取出一个包裹，小心翼翼地打开，露出两个红彤彤的大海螺。她告诉我说，这是万宝螺呵……我买下来，一种惬意拂过彼此的脸颊。

这是大海献予我的一双灵敏的耳朵。从此，我将把它带在身边——倾听南海蔚蓝的辽阔，倾听祖国奔腾的波浪，威仪而和平的涛声……

原载《伊犁晚报》2018年4月25日

◇ 张晓林

沽河湿地（外一章）

永远一派原始风貌，越千年也不显老。

草木，还有鲜艳的野花，摇曳着阡陌纵横，明月绿柳，长出一片片诗之丛林。

越千年的鸟儿，一代代潜入岁月。

风老了；

鱼，越来越多。

千年万年，水啊，你生动，明亮，亲切，千年万年而初心不变。

种子，一代代沉入水底、岸堤、岁月、人心和记忆；有时，在月里浸着；间或，去彼岸行走。

并不断地，开出生命中散淡的小花……

一年接一年的风，凉了，又热了；

在你心中望明月的柳啊，总是举着一杯月色，常饮不涸……

野生林

多少种子，默默地萌芽；
多少嫩芽，噗噗地生长；
血，多少次，差点从你小小的枝叶里，跑出来。

野生的树啊，
多少年了，你们用泥的淳朴，草的清香，
还有，羊的隐忍，雨的滂沱，培育着斑驳绚烂的人生。

每一片叶子，都青光闪闪。
每一滴露水，都映着蓝天碧波殷殷的目光……

原载《大沽河》2018年第2期

◇ 张作梗

深山打铁人

他们一兴奋，就把春天叫“宝贝儿”。

而我，正在深山打铁呢。

他们研究一棵树里的火焰，以及虫子如何穿越这火焰，到达一座封闭的钟形之塔。

而我，正在深山打铁呢。

他们改建垃圾场，在四周刷上广告，以使其符合一个腐烂的美学原则——

而我，正在深山打铁呢。

棺椁已成虚设。他们抬着的，不过是一群词语的骨灰。他们重新起草，按黄金分割比例打造思想博物馆。

而我，正在深山打铁呢。

厌倦了。他们觉得一切应该推倒重来。于是，他们用荷叶包裹雨声，做成一道秋天的菜肴，供奉给皇天后土。

而我，茹毛饮血，仍在深山打铁。

雪，整整下了一年。

原载《星星·散文诗》下旬刊 *2018* 年第 *5* 期

◇ 章闻哲

真理与措辞（节选）

三十七

完美主义者是怎么闯进不完美的领地的？唉，这个几乎残破的领地。不闯进来，那是你的运气。

但这里堆满了完美主义者。以致每个人都实足地狂妄自大：到底哪一位代表了真理？唉，我不想为你指出，因为人人都手持真理书。

从真理中漏下的词语，正在这里掷骰子。狂欢。游戏没日没夜地进行着，啃着真理的残渣的人们，满嘴芬芳。

一个高人也没有出现，只是有时会有发亮的金币从人们眼中坦率地发出光来。高级的诚实，是真理的一种附庸，但也是真理所欢爱的嫔妃。

人人都在这里得了宠：全部必然的公主、皇后、王公大臣和他们的殿下，熙来攘往。

竟然没有人注意到猥琐和平庸。竟然人人都发现了猥琐和平庸。

但竟然……朵素娃也在其中。你不能出去吗？啊，我为什么要出去——啊，我不能自以为超凡脱俗。

确实，一旦自认超凡脱俗，进去与出来也没什么两样。

四十

蝴蝶在土豆们中间飞来飞去。后来土豆都变成了蝴蝶，而蝴蝶却变成了土豆。

成群的蝴蝶在等待唯一的土豆的孵化。它们等了很久。

蝴蝶太多，多到足以围绕土豆发表着各种言论：化工、物理、商业、政治。

尽管内容丰富，但土豆只是一位耳聋眼花的土豆，且是一个真实的哑巴。

唯独不知土豆的特性——这正是蝴蝶的天真得以显现的地方。这地方——让人既愉快又焦虑，既悲伤又感到生物学在不断发展——发展的生物学是令人严肃和充实的，是混沌之外的另一条道路。

终于，蝴蝶的主题不再是土豆，而是彼此恋爱，谱写蝴蝶界的传奇。生物突然转向了，因为土豆的沉默。

全部过程就像一个矫情的童话：在蝴蝶发现它们与土豆并无共同话语之时，便成群地飞向了一个巨大的峡谷。就在此时——土豆突然说它创造了一门自己的语言——它听起来五彩缤纷，且长着无穷多的翅膀。

每一句都充满了真理，因为它们并不飞来飞去，而是由土豆的位置控制着，规定着——包括语速、音调和音质。一旦说出，便不能否定。

而据说，在峡谷那里，文明也在冉冉上升：那些蓝色、金色、黑色的翅膀正在筑造着一个帝国，仿佛传说中的阿拉伯和希腊罗马。

原载《星星·散文诗》2018年第7期

◇ 郑万明

牧羊人（外一章）

牧羊人每挥一下鞭子，天空就抬高一寸。满坡的青稞，就在风中唱起花儿。秋天转过身子，看见回娘家的女子背着一袋土豆，下了山梁。

赶集的羊皮贩子进了城。整个下午，牧羊人在山梁恍惚。

此刻，牧羊人想起从尘世走丢的母亲，一脸泪光。

途经西海固的异乡人，突然想念一朵云、一把燕麦、一双布鞋，和银川女子深邃的眼神。

山上的草浅，羊啃完了草根，就啃尘埃。牧羊人挥一下鞭子，把落日赶下山沟。之后，山梁铺上一层厚厚的苍凉。

河风

远处。一根牛骨头，躺在草地上，像一段安静的旧时光。

一堆灰烬，靠近发黑的石头。像外乡人丢在秋后的一件皮衣。

从宕昌来的瞎眼艺人，背着一袋青稞，穿过舟曲城。

左边尕海，右边碌曲。尘世间，一对失散的兄妹，终于在洮河边相遇。

恍惚间，有一只手牵动大地的衣角。那是一只从玛曲逃来的藏獒，朝迷途的瞎眼艺人，伸出阔大厚重的红舌头。

暮秋了。河风吹动玛尼石，也吹空大路上的苍凉。

黑夜里，进城的朝圣者，身上摇落一层薄霜。

原载《星星·散文诗》2018年第12期

◇支 禄

通 沟（外一章）

沙土中，抽出半截骨头在石头上不停地敲打。

叮当之声无非想唤醒风沙中没被吹散的魂魄。

口干舌燥的牧人端着一碗凉水。此刻，鹰的影子落下来打在碗边上。

碗中的水晃了晃。天空，跟着晃荡了一下。

一些云朵气喘吁吁地爬到碗边上，云，也渴吗？

在云的影子里终于看清，一些唐宋时的魂魄乘着荫凉赶紧钻出沙土，土头土脑地望着：天，会下一两点雨吗？

大地上，茫茫过后，还是茫茫。

一些草迟迟不肯醒来，弯曲在沙土里，像是抱着记忆中的一场暴风雪。

鹰飞走后整整一个上午，再也没有回来。

猛地，牧人想起了什么，在口袋里摸了一阵子。然后，快速地翻过沙梁。

不久，一支羌笛吹奏，悠悠声漫在戈壁。

太阳在空中听了好久，不由自主叹了一声，翻沙山而去。

空阔之中，通沟穿着月光的纱衣，看灵魂沿着风沙攀援而上。

戈壁清晨

远方，日出，光芒像是长长的缰绳勒住一匹从夜色中刚奔出的马。

静静地站在沙漠边缘出神地看。此刻，像是没见过太阳似的发呆。

光芒万丈啊！马，一声又一声长长地嘶鸣，唤醒大地上无数的记忆：起来，看看光芒。

然而，安静了一夜的风沙起身了，光芒，开始慌慌张张地一节一节收回。

已经走向远方的嘶鸣声折了回来，回到骨头，回到灵魂深处。

马，一下子目瞪口呆，变成一个哑巴。

如此辽阔的静啊！让风沙很快压成饼状，低低矮矮地匍匐而行。

此刻，一眼就能看出来：

古老的灵魂正悄悄迁徙，只有走出时间之外后，静静地坐下来，像从簸箕里拣出野燕麦一样，一点一点剔除曾经打在内心深处的沙子。

沙子只要钻进去，那种痛啊！就是你到了天上，也要跟着去痛。

原载《西部》2018年第5期

◇ 周　萍

等一枚月牙胖起来

那时候，月弯如镰，挂在树梢上。母亲取下，割完最后一畦豆田，随手捆进豆秸。

我把亮闪闪的月牙捡出，养在院子的水缸里。外婆说，等月牙胖起来，就去寻吴刚，讨一点儿桂花，做囡囡喜欢的花糕。我摇着外婆的手央求，还要让玉兔来做客。

外婆老了，小脚蹒跚，她赶不上我蹦蹦跳跳的时光。

我等不到月牙变胖。流浪，偶尔一点，可有可无的忧伤。

夜色又一次降临。树枝的疏忽，漏下月桂隐约的清香。月亮胖起来了，又大又黄，旧旧的憔悴。

胸口莫名地疼痛。那枚月牙，原来一直被外婆缝在贴身的衣衫。

哦，一些小时光，早已如野鸟翩翩。外婆的花糕，成了我一想就心颤的惆怅。

回家的路，是九曲回肠。

原载《星星·散文诗》2018年第12期

◇ 周庆荣

夸父谣

1

总有人要从混沌中跑出来。

做追日的人，他的最后是倒在了光明之前。

夸父，你应该在黎明时背对着太阳奔跑。让太阳一出来就追赶你这样伟大的男人，这可以解释为什么人类总能够跑赢生命，而生命虽然历经磨难却依旧生生不息。

2

过了这座山，前面还有一座。

过了一条河，等着你的是一条江？

都以为沙漠过后绿洲就会欢迎人群，人类简史里经常重复的沙漠之后还是沙漠。

但是，向前，向前。

一切的转机始于感动。

你感动了人心，人心温润。

什么才是最好的庄稼？庄稼在人心里丰收，而青纱帐的深处，窈窕淑女勇敢地成为后来的母亲。

夸父追日或者太阳追赶夸父。

我赞成这应是人的生动和崇高的威严者之间的一场游戏，游戏诙谐，游戏严肃，游戏暂停的时候，从前的我们看到满天繁星眨着眼睛。夸父，神话如果再写，就写你也学会智慧地入梦，奔跑的双腿在梦中变成翅膀，人类飞呀飞，飞过野蛮的杀戮和陌生的敌视，清晨醒来，呓语是：你和太阳互相道着早安。

三

崇高，属于榜样。

我是一个极易发现崇高的人，夸父追日追到了崇高。其时，太阳作为温度和光芒，夸父没有实现把它们带回人间的理想。

人的生活要继续啊。

夸父鼓舞了我，这样的鼓舞从我的祖先那里持续而来。

太阳刚出生的时候，如同红彤彤的胖娃娃。

他缠着夸父讲故事。

夸父说：高高的天上白云飘，风景人间独好。

太阳缠着夸父带他来人间。

谁追谁？

人类的智慧，词条释义：船是解决洪水的智慧；火是抵御寒冷的智慧，拥抱是减少对抗的有效方案。

所以，夸父追日追出了我们人类最初的真相：你鼓舞了我，而我一直需要被鼓舞起来。

4

是啊，汗水鼓舞了劳动；

卑鄙鼓舞了高尚，苦难鼓舞了希望。

夸父鼓舞了太阳的高高在上。

夸父是我眼中的芸芸众生，他是生活中的好父亲，他是温柔女人的好丈夫，他有人间草木茂盛的倾慕，有改变记录人类历史执笔人的朴实的力量。

这一切，夸父没有选择。

他选择的是跑呀跑，人类的摇篮摇呀摇。

跑出沙漠，跑出黑暗，跑出苦难、跑出人性的冷。

他用自己的倒下，抱住了人类的光辉。

今天，我对所有勇敢的人，对所有温暖的人，对他们满怀敬意，如同怀念夸父。

我认真地行走，重温夸父的足迹。

相信太阳，他只有找到你，才证明太阳的意义。

我如果再写夸父，我会写：你站在人群中间，你躺在庄稼深处。每一个人都会被太阳晒成三十七度，每一株庄稼最后的结果都是太阳圆圆的脸。

5

夸父谣：

夸父啊夸父，你是我的父，
追太阳把太阳追落，
太阳爬起后再追你，
没有你的日子太阳好寂寞，
太阳找你说说话，
起来，一起奔跑吧！

原载《西部》2018年第5期

◇ 转 角

会开花的白瓷陶罐（外一章）

一个装下我，一个装下你。

一只承载21克轻物质的陶罐在大山里随风摇曳，而另一只在北方痛苦呻吟。这黑色的禁锢被一片黄金豢养，过分依赖命运的白瓷早已设下黄昏陷阱。

一个“在活着的梦里死去”，一个成为虚空的囚徒。

一个甜蜜，一个甜蜜。

我要含着甘蔗的汁液平安归来！

沉寂的星

你，是最后赶来的人。

执手杖，微阖双目，嘴角刚好腾出一个空位，啊，这样刚刚好——

关住一只鸟。我仔细打听你如何整顿她内部的喧嚣。我的你涉水而来。

你的姿势还是过分生冷了，那经过粉饰的轻声细语停在我耳畔的是你的残迹吧？或者在阴雨连绵我回归的旅程里，你正在扮演着我最需要的角色——

我的真身？

我的假象？

啊——

我要进入到那崭新的世界，和你相遇。

我要和一挂摇摇欲坠的风声互为倒影，我要让我的衰老成为你——

新的空白！

原载《星星·散文诗》2018年第10期

◇ 邹岳汉

大漠行

仅仅是传说。

这里曾经是海。一夜豪赌，坐拥万顷碧波的东海龙宫浪子，把一望无际的浩渺与富饶，输给了觊觎已久的西部荒原。

从此，一文不名地褴褛着。

几丛红柳。几茎枯草。风沙漫天。

几处荒芜破落、形销骨立的烽烟墩，可是当年较量慷慨、投注青春的赌场?

那些被遗弃终年不见雨水、干涸坼裂的戈壁沟底，形容憔悴而初心不改的贝纹石，在烈日狂沙日复一日地炮烙刑讯下，深切缅怀很久很久以前的，

惊——涛——骇——浪。

偶尔裸露旷野，或驼或马或驴或人已经脱臼的下颌骨（脱离有机整体而以物证名义存世），以白森森、齿音清晰的语言，骇

人听闻地诉说：某个驼队在艰辛、漫长的旅途，突然遭遇滚滚沙柱尘霾迷失方向，而后从人们视线与记忆中永远消失的悲惨故事。

那些被战火焚烧，被流光踏碎，被潮流遮蔽，辗转流落风尘的秦砖汉瓦、陶瓷残片，刚从小心翼翼发掘着的铲子下露出不堪的脸，就急不可耐地喧嚷——要进入浩繁而缺失甚多的历史卷帙。

一座被时间积淀物埋没数千年的废城，正在被新世纪高高抡起的镐头所发掘，被高踞断壁颓垣之上，头戴宽沿遮阳帽、手持罗盘，满额沧桑、目光深邃的哲人，久久凝视……

摩挲。考证。

而后，摇首叹息。

我们长途跋涉欲寻求的，载着炊烟、幸福，生机勃勃而被大漠条块分割、团团包围的绿洲，不就是昔日渺渺沧溟里零星散布，仙境般美妙的礁屿吗？

若此，我便是仅存于世，

荡向无涯之旅的一叶

海——之——舟——了。

四望沙丘，起伏连绵无际。

如浪！如潮！

是某种威力无边的魔法，使那排排势若吞天的巨浪洪波骤然凝止？

那一系列亘古相因、貌似波推浪涌的沙丘，实在是一堆堆失去活力的固态存在；犹如曾经创造过灿烂辉煌东方文明的古老民族，在长期专制下僵化的思维，只是留下一片无际的荒凉、与日俱增的渴意。

泱泱然。至今，它们却依旧倔强地秉持内心自由的意志，依旧保持着：单等一声号令，随时投入真正的大海洪涛，

自——由——奔——涌，

那无比生动的姿态。

（天长地久。坚信总会有那么一天。）

夕阳下。我与收藏太多美妙诗句、野史轶闻，而今已是残破不堪的阳关故垒——比肩而立：

一个以渺小而鲜活的个体形式存在的当代旅人，与背负关牒文书、坚持以历史本来面目呈现的西域使者在此地邂逅，相握、相拥，并随手拍下一帧时下流行的二人酷照——

一半是神情凝重的反思。

一半是面对未来希冀的微笑。

久久地，遥望旷远垂暮的天边。

我等候着。等候一支新兴商旅，沿袭并超越前人的足迹，自远而近悠悠然传送过来阵阵越来越清晰、铿锵悦耳，久违的驼铃铛响，杂沓而满有亲和感的人唤、马嘶。

等候着：自遥远天边，哗哗然汹涌澎湃而来，声声迫近的，千——层——海——浪！

原载《山东文学》2018年第4期下半月刊

牵手走在上面，我们始终有相见恨晚的感觉

不让眼泪从血红的脉管里漫溢出来

冷漠与寒凉

找不回失踪的钥匙

危险与安全，真诚与虚饰

唯草木的灵魂之香，不可辜负

像一个理由在原野四散开来

潮涨潮落的桃花

长长的隧道

在她明亮的怀抱，静静地安居一隅

剑是河水的英雄，惺惺相惜

请带着字典走入羊群，听一听羊的友音

长安古道、酒旗高台和锦殿罗帷

我们在近处，它们在远方

上架建议：文学 / 诗歌

ISBN 978-7-5464-2341-8

9 787546 423418 >

定价：58.00 元